ベリーズ文庫

離婚前提婚
～冷徹ドクターが予想外に溺愛してきます～

真彩-mahya-

JN030590

STARTS
スターツ出版株式会社

目次

離婚前提婚～冷徹ドクターが予想外に溺愛してきます～

番外編

離婚前提婚
～冷徹ドクターが予想外に溺愛してきます～

【プロローグ】

さらさらとペンを走らせる音。それを奏《かな》でる長い指。

普段はこの手でメスを持ち、繊細なオペをこなしている優秀な心臓外科医である彼が、どうして平凡な看護師の私の向かい側に座っているのか。しかも、彼の自宅のリビングで。

今でも夢なんじゃないかと思っている。

「さあ、きみの番だ」

ペンを渡された私は、彼の手からテーブルの上の紙に視線を移す。

そこには、一枚の婚姻届が広げられている。

すでに証人欄は記入済。『夫になる人』の欄も角ばった字で埋まっている。そう、彼が今、その手で書いたのだ。

「はい」

「間違えるなよ」

「わかってます」

と返事をしたはいいものの、ペンを持つ手がどうしても緊張で震える。

本当にこれを書いていいのだろうか。

自分の中でもうひとりの自分が問いかける。

「えっと……」

もたもたしていたら、彼がおもむろに席を立った。

そして、私の後ろに回り込み、ぽんと肩を叩《たた》く。

「そう緊張しなくてもいい。これは契約結婚だ。本当の結婚じゃない」

「ひゃっ」

わざわざ顔を寄せて言うから、彼の息が私の耳朶《じだ》にかかってくすぐったい。

耳を押さえると、微《かす》かに彼のくすりと笑う声が聞こえた。

もう。こんなときにからかわないでほしい。

私はぎゅっとペンを握り直す。

そうだ、これは離婚前提。お互いのメリットのための契約。

気を取り直して、『妻になる人』の欄に自分の名前と住所を書いた。

力が入りすぎたせいか、いつもの字よりもへたくそになった気がする。

「書けました」

これを提出すれば、私と彼は夫婦になる。

「ありがとう。よろしく、俺のかわいい奥さん」

彼の大きな手が私の頭を撫《な》でる。

さっき彼が言っていた通り、この結婚は契約結婚だ。

好きな人と付き合って結婚するわけじゃない。

だけど私の胸は、これ以上ないくらいに高鳴っていた。

【冷たくて熱い】

笠原《かさはら》医科大学病院・循環器外科病棟。

「消化器内科から来ました、槇《まき》です。よろしくお願いいたします」

ナースステーションのセンターテーブルの周りに集まった看護師たちから、拍手が起こった。

ぺこりと下げた頭をもとに戻すと、ショートヘアの師長がパンと手を打つ。

「じゃあみなさん、午前の仕事を始めましょう。槇さん、わからないことがあったらなんでも聞いてね」

「はい、ありがとうございます」

周りの看護師たちは、みんな笑顔でこちらを見ている。ほんわかした雰囲気に、初日の緊張も少し和らいだ。

私、槇七海《ななみ》はこの病院で働いて三年目になる病棟看護師。

入職してからずっと消化器内科病棟に勤めていたが、このたび循環器外科に異動になったのだ。

看護師のひとりが産休に入り、人が足りなくなったのがその理由らしい。

消化器内科病棟と循環器外科病棟は別の建物にあり、それぞれに勤める看護師が行き来することはあまりない。

今まで一緒に働いていた仲間と滅多に会えなくなるのは寂しいし心細いけど、これも勉強。

看護師としていろんなことが経験できるのはいいことだから、頑張らなくちゃ。

「よう槇」

「千葉《ちば》くん。よろしくね」

ぽんと肩を叩いてきたのは同期の千葉くん。

同じ看護学校出身の同い年で二十四歳。癖《くせ》のない黒髪は韓国アイドルみたいにきれいにカットされている。

新入職員研修まではよく一緒に行動していたが、別の病棟に配属されてからは、たまーに食事に行くくらいの仲だ。

「師長が、同期だから助けてやれってさ」

「えー心強い。ありがとね、千葉くん」

一日のスケジュールの組み方も、物の配置も、病棟ごとに違う。

看護師も多いから、一度見ただけでは顔と名前を一致させることも難しい。

覚えることが多すぎるけど、なんとか頑張らなきゃ。

「まず朝のカンファレンスが終わったら、清拭《せいしき》に回る。それが終わったらミキシング、午前のラウンド」

ミキシングは点滴や注射剤に薬剤を混合すること。ラウンドは受け持ち患者の部屋を回ることを指す。

「はい」

そこまでは前の病棟と同じだ。清拭の回り方とか、細かいことは違うかもしれないけど、ひとまず対応できそうで安心する。

「今日の受け持ち割はこのバインダーに挟んで置いてあるから。今日は俺と一緒に動いてもらって、明日からひとりでやってもらうよ」

「はい」

千葉くんにいろいろ教えてもらっていると、ここの病棟の総括主任が近づいてきた。

「千葉くん、よかったら槇さんにオペの見学をしてもらったら？」

「見学ですか？」

「千葉くんはＩＣの予定があるでしょう。その時間、ちょうどオペがあるから、どうかなって」

ＩＣはインフォームド・コンセントの略。患者が医師の説明を聞き、治療を受けるかどうかを決めることを指す。

説明は、これからの治療方針と、それによってどんな効果が期待できるか、起こりえる副作用についてなど、多岐にわたる。説明の内容や患者の反応を記録するため、看護師が同席する。

千葉くんが今日受け持っている患者に、昨日緊急入院した人がいる。そのオペに関する具体的な説明を、家族にするらしい。

「たしかにその間、槇は暇ですしね」

千葉くんはうなずく。

「見学したいです。外科のオペは初めてですけど」

「じゃあちょうどいいわね。内科の主任に『槇さんは見どころのある子だ』って聞いてるよ。これから期待しているからね。しっかり見てきて」

「えっ、あっ、はい。頑張りますっ」

消化器内科の主任が私をどのように紹介したかはわからないけど、いいように言っておいてくれたみたい。

それはうれしいけど、なんだかプレッシャー。精進しなきゃ。

「まあ、あの先生なら時間もそうかからないか」

千葉くんが言う。

「あの先生って？」

「オペ患者の主治医。オペが超速くて正確なんだ。ゴッドハンドって言われてる」

千葉くんが細かく説明してくれる。

「しかも超イケメン。目鼻立ちくっきりはっきり、身長は百八十くらいかな。めっちゃ手足なげーの。天は二物を与えないって、アレ絶対嘘《うそ》だね」

ここにいない先生を思い浮かべているのか、憧れるようなまなざしで天を仰ぐ千葉くん。

「なんていう先生？」

「笠原圭吾《けいご》先生だよ。この病院の御曹司」

その名を耳にして昔のことを思い出した私は、思わず息を呑んだ。

看護学生の頃、私はこの病棟に実習に来ていた。

私の父は、私が七歳のときに突然の心停止で亡くなった。六つ下の弟がまだ一歳になったばかりのときだった。

ひとり親の母を助けるため、また弟の学費を稼ぐため、私は数ある職業のなかで看護師の道を選んだ。

弟も家族を思って勉強に励む努力家で、成績はいつもよく、家族のためにお金が稼げる職業に就きたいなんて作文を書いてたりしたけど、私としては自由に進路を選んでほしかった。

そのためにはお金が必要。私は確実に就職できて、自立できて、さらにお母さんを助けられる道を選ばなくては。

そう考えていた高校生のある日、部屋の掃除をしていたら、幼い頃読んでいたナイチンゲールの伝記が出てきたのだ。

伝記といっても、かわいい絵柄で書かれた学習漫画。私はそれを見て思い出した。

小学校のときの卒業文集の『将来の夢』の欄に『看護師』と書いたことを。

そうだ、看護師なら手に職ができる。離職しても結婚しても再就職先は星の数ほど。病棟で頑張れば下手なOLより稼げるし、そうすれば母を助けられる。

そんな不純な動機で看護師を目指し、専門学校に入ったはいいものの、いざ病棟での実習になると後悔しかなかった。

学生を指導できる看護師は、ある程度キャリアを積んで研修を受けたベテランばかり。

当時、私がいた班を受け入れた循環器外科には、すごく怖い指導者の看護師がいた。なんていうか、仕事に対して厳しいというレベルじゃなくて、自分の機嫌の良し悪しを人にぶつけるタイプの人だった。ちょうど三十歳くらいだったと思う。

ターゲットは日替わりで、みんなが順番に泣かされているのを知っていたから、毎日ビクビクしていた。

実習も終盤に差しかかったある日、とうとう私がターゲットにされた。

実習の出来のことだけじゃなく、『あなたみたいにいい加減な人は看護師に向いていない』など、人格を否定するようなことまで言われ、ひとり指導室に残された私は、鼻をすすって泣いた。

悲しかったからじゃない。悔しかったからだ。

ぐすぐす泣いていると、突然指導室のドアが開いた。

『おっと……邪魔して悪い』

振り向くと、驚いた顔をした男性が立っていた。

青いスクラブの上に白衣を着ているので、たぶんドクターだろう。薬剤師なら白シャツを着ているはずだ。

まだ二十代に見える彼は、前髪をセンター分けにした黒髪が爽やか。目鼻立ちがくっきりしている、華やかな顔。手足が長くて高身長。

芸能人だと言われても違和感ないくらいのその人に、私は一瞬見惚《みと》れてしまった。

『どうかしたのか？』

『す、すみません。お邪魔しました！』

時計を見るともう五時半。実習の時間はとっくに終わって、他の班員は先に帰っている。

指導室には電子カルテが見られるパソコンがあり、学生がいない時間はドクターが仕事をしたり、患者に話をすることもあると聞いた。

ここも今から使うのだろう。

慌てて出ていこうとした私を制し、ドクターはドアを閉めた。

『落ち着くまでいるといい』

『え……』

『きみ、学生だろ。誰の担当？』

無表情で尋ねられ、どきりと胸が跳ねる。

『な、七〇三号室の半田《はんだ》さんです』

学生は実習期間、ひとりの患者につきっきりになる。その患者は指導者が選んでおり、実習向けの穏やかな性格の人が多い。

半田さんは六十代半ばの、優しいおじさんだった。

『ああ、半田敏郎《としろう》さん。その人、俺の患者だよ』

ドクターは私の向かいにあるパソコンの前に座った。

視線を名札のある胸元に動かすと、『笠原圭吾』と書かれている。

そういえば、更衣室で看護師が『外科の笠原先生って、うちの病院の御曹司だってね』『あのイケメン先生でしょ。狙ってる看護師多いよ～』などと噂《うわさ》してたっけ。

その笠原先生が、この人なのだろう。

『昼に半田さんの部屋に行ったら、孫みたいなかわいい学生さんが、一生懸命いろいろやってくれるって話してたけど、きみのことだったか』

『え……』

パソコンが邪魔で、先生の表情はよく見えない。

『半田さんとなにかあった？』

『いえ、半田さんとはなにも。半田さんはいつも優しく見守ってくれて……でも私は、なにもお返しできなくて』

先ほど言われた指導者の指摘を思い出し、苦しくなる。

半田さんは担当が私で、本当に嫌な思いをしていないかな。

『私は半田さんの力になりたいのに』

未熟な私では、いい看護師にはなれないのかも。

そう考えたらほろりと涙が零《こぼ》れた。私は慌てて鼻と目元をぬぐう。

未熟な上に泣き虫だなんて思われたくない。

恥ずかしいやら惨《みじ》めやらで、顔が熱くなる。

『力になりたい、か』

笠原先生のキーボードを打つ音が消えた。彼はディスプレイの上から顔をのぞかせる。

『そう思ってくれていること、患者はちゃんとわかっているよ』

先生の口元は見えなかったけど、目じりが微かに下がっている。

『半田さん、最初は治療に乗り気じゃなかったんだ。でもきみの一生懸命な姿を見ていたら、自分も頑張ろうと思えたそうだ』

『そんなことを、半田さんが？』

『ああ。彼は、きみのおかげで前向きになれた』

先生の言葉は、私の胸をほかほかと温める。

優秀でもなんでもない私でも、やれることがある。

『私、このまま看護師を目指していいでしょうか。もっとたくさんの患者に出会って、勉強して、いい看護師になりたいです』

ぎゅっと実習服の裾を握りしめて、思いを吐き出す。

『もちろん。きみなら必ず、いい看護師になれる』

彼は立ち上がり、大きな手のひらを私に差し出した。

私は遠慮しながらも、その手にそっと自分の手をのせ、握手を交わした。

『先生、ありがとうございました。失礼します』

私は座っていた椅子から立ち上がり、ドアノブに手をかけた。

『きみみたいな看護師と一緒に働けることを楽しみにしているよ。待ってるから』

先生は、彫刻のように整った顔でうっすら微笑む。

社交辞令だとしても、うれしかった。

私は立派な看護師になるという希望を胸に、深く礼をしてその場を去った。

そんなわけで、私は笠原先生の言葉に励まされ、この病院に就職したのだ。

けれど、入職時に出した循環器外科への配属の希望は通らず、消化器内科での勤務となった。

ここは日本でも有数の大きな病院で、ふたつの病棟は別棟にある。そうするとスタッフ同士が出くわすことがなかなかない。

あの日のお礼を言いに先生のもとを訪ねようかと考えたけど、彼にとっては些細《ささい》な出来事だっただろうし、私のことなど覚えていないかもしれないと思うと勇気が出なかった。

消化器内科は癌《がん》の患者も多く、内視鏡検査や化学療法などを学ぶにはとてもいいところだ。

看護師になって二年と少し、もたもたしていて患者をイラつかせたり、難しい採血がなかなかできずに痛い思いをさせてしまったり、先輩にミスしたことを叱られて泣いたこともあるけど、今のところまだくじけていない。

あのとき励ましてくれた笠原先生のおかげで、私は今ここにいる。

その本人に会えるなんて。

いやそりゃ循環器外科に異動になったんだから、いつかは一緒に仕事ができるだろうと思っていたけど。

まったく心構えをしていなかったので緊張する。

私は予定時間より少し早く病棟を出てオペ室へ向かった。だんだんと心臓が高鳴ってくる。

「よろしくお願いします。循環器外科の槇です」

患者が待機する前室付近にいたオペ室の看護師は、私を頭の上からつま先までじろりと一瞥《いちべつ》した。

「病棟の笠原さんね。こちらへどうぞ」

主任が話を通してくれていたからか、オペ室の看護師は私を見るなり、更衣室へ案内した。

制服の上に着るガウンや手袋を渡され、手間取っている私を見かね、いろいろと指示してくれる。

「いつオペ室へ異動してもいいように、覚えておくといいわよ」

「はいっ」

「いい返事ね」

厳しい顔をしていた彼女は、そのとき初めて少し笑った。

感染対策の重装備でオペ室に通された私は、見学用の踏み台の横で待機するように言われた。

ドラマで出てくるような、オペ室を見下ろせるガラス張りの見学室なんてなく、普通はこうして手術台の近くから見学するらしい。

そりゃそうだよね。遠くからじゃ、先生の手技も看護師の補助の手順もよく見えないもんね。

待機していると、麻酔科の先生や看護師がぞくぞくと中に入ってくる。

みんな重装備なので、誰が誰だかわからない。

「疲れたら適当に休憩して。じゃあ、患者入れるからね」

オペ室ナースに声をかけられうなずくと、患者がベッドから手術台に移乗させられる。

私が踏み台に上がろうとしたとき、オペ室の自動扉が開いた。

「笠原先生」

誰かが呼びかける声に、心臓が跳ねた。

キャップとマスクをつけた笠原先生は、目しか見えない。ただ背が高いことだけはわかる。

彼は補助の先生や看護師に目配せをして患者に近づく。

「松田さん、笠原です。よろしくお願いします。頑張りましょう」

安心感を与える声色で話しかけられ、患者は「はい」とうなずいた。

「ではまず麻酔を……ん？　見学者か？」

笠原先生が台に上ろうとしている私に気づいた。

「循環器外科に今日異動してきたそうですよ、先生」

オペ室ナースが私を紹介すると、先生の視線がこちらに向いた。どきりと心臓が跳ねる。

挨拶しようと思ったら、先生はぷいと目を逸《そ》らしてしまった。

「ああそう。気分が悪くなったら隅で座ってろよ。じゃあ麻酔を」

「はい」

笠原先生が言い、麻酔科のドクターがうなずく。私は拍子抜けしていた。

そっけない態度……。

そりゃそうか。今からオペなんだもん、そっちに集中して、他のことは考えないようにしているはずだ。

それに、というかやっぱり、私のことなんて覚えているわけがないんだ。

しょんぼりしかけたけど、そんな場合ではない。

よし、私も集中して見学させてもらおう。

患者の腕に点滴の針が刺され、モニターの電極が装着される。

オペ室の看護師が人工呼吸用の器官内チューブを入れて、それぞれをテキパキ固定する。迷いのない手つきだ。

麻酔が効いて患者が眠った頃、笠原先生が言った。

「これより冠動脈《かんどうみゃく》バイパス術を始めます。よろしくお願いします」

「よろしくお願いします」

彼の手に、手術道具が渡される。

患者の胸がメスで切られ、ぱかっと開いて中身が見えた時には、さすがにうっとなった。

学生の頃にさんざん映像を見たはずだけど、内科に入ってから人体の中身を見るのは久しぶりで、だいぶ緊張する。

見ているだけでもドキドキして指先が動かなくなってくるのに、先生は迷いなくさっさと切るべき場所を切る。

その手つきは鮮やかという他ない。

速すぎて、補助の看護師がついていけないくらいだ。といっても彼の指示に一拍遅れて反応するという程度で、私から見たら看護師もじゅうぶん速い。しかし。

「遅い。主任、代わって」

笠原先生から厳しい声が飛んだと思ったら、先生の横についていた看護師がビクッと肩を震わせた。

新人さんなのだろうか。彼女はすぐそばで見守っていた主任らしき看護師と場所を変わった。

主任は慣れているのか、先生のペースを乱さずに食らいついていく。

見ているだけで、自分の背中が汗で濡れていくのがわかる。

彼はあれよあれよというううちに他の場所から取った血管を、詰まりそうな動脈を切除した場所に縫い合わせ、傷口を塞《ふさ》いでしまった。

「術式完了。お疲れ様でした」

笠原先生の落ち着いた声が、オペの完了を告げる。

目で追うのがやっとだった。

普通は二、三時間かかるオペが一時間と少しで終わった。神速の異名は伊達《だて》じゃない。

「あのう先生、若い子も育てないといけないので、次は……」

言いにくそうに主任看護師が笠原先生に声をかける。

「ああ……わかりました」

主任の言葉にうなずいただけで、交代させられた看護師には特に声をかけず、彼はオペ室から出ていった。

「大丈夫よ。別の先生のオペで慣れれば誰でも成長するからね」

うなだれる看護師を主任が優しくフォローしている。

その間に他の看護師たちは片づけをしたり、患者の様子を見たりしている。

私はそろりと踏み台から下り、お礼を言ってオペ室から出た。

ううーん、笠原先生、学生の頃のイメージよりだいぶ厳しかったな。

私にとっては交代させられた看護師もじゅうぶん速かったと思うんだけど。

学生の私を励ましてくれた彼となかなかイメージが結びつかず、考えながら着替えを済ませて待合室の前を通りかかった。

待合室には先ほど手術をした患者の奥さんがいる。丸っこくてかわいい感じの女性だ。患者と同じで、たぶん五十代。

「あ、看護師さん。ありがとうございました。うちの人どうですかねえ」

ぺこりと頭を下げる奥さんに、私も頭を下げた。

「ええと、私からはなんとも……」

私の言葉の途中で、横から近付いてきた人物が声をかけてきた。

「こんにちは。無事に終わりましたよ。このあとＩＣＵで一晩様子を見させてもらいます」

私と奥さんの間に爽やかな風が吹いたような気がした。

そこにいたのは笠原先生だった。

くっきり二重に高い鼻、厚めの唇。賢そうな額を出した髪型はキャップを脱いだばかりなのに乱れていない。手足は長く、すらりとしている。私は奥さんと一緒に、まるで俳優のような彼を見上げた。

奥さんに向ける笑顔はまさしく、あの日に私に向けられたものと同じ。

「無事にってことは、成功したんですね？」

「はい。安心してください」

「ああ……。先生、ありがとうございます。先生に手術してもらえて、本当によかった」

奥さんは深く安堵《あんど》の息を吐き、先生を拝《おが》むように手を合わせた。

「いえ、では私はこれで」

彼はそれだけ言うと、廊下の奥へ去っていく。奥さんはその背中にまた手を合わせていた。

笠原先生は患者から人気があり、外来もオペも大盛況だと聞いたことがある。

神速のオペ、患者や家族にお世辞を言ったりはしなくても気配りはする。人気があるのも納得だ。

彼のようなドクターと一緒に働けるなんて、看護師としては幸運でしかない。

私は思わず彼の背中を追いかけた。

「笠原先生」

声をかけると、彼はこちらを振り返る。

「あの、今日循環器外科病棟に異動してきた、入職三年目の槇と言います。よろしくお願いします」

「ああ……よろしく」

彼は短く返事をすると、あっさり私に背を向ける。

笠原先生はたくさんの患者を抱えていて忙しい。

彼は今も、目の前の患者のことに一生懸命なんだろう。学生の頃の私なんて覚えていなくても当然だけど、少しだけ残念。

それにしても今日見た先生は、看護師の仕事に対してすごく厳しかった。昔私を励ましてくれたときとは別人みたいだった。

どっちが本当の彼なのかな?

とにかく、これから病棟で一緒に仕事をするうちに、もっと知ることができるよね。

私は先生の背中が視界から消えるまで見送ってから、病棟に戻った。


一週間もすると、病棟看護師の名前と物の置き場はほとんど頭に入った。病棟独特のルールにも、千葉くんのおかげで対応できている。


「おはよう」

自室を出て、隣の台所にいたお母さんに声をかける。

お母さんは生まれつき、強いパーマをかけたようなチリチリの髪をしている。

「あれ、今日は休みじゃなかった? 早いね」

「うん、そうなんだけど。ちょっと勉強してくる」

トートバッグにノートを詰め込む私を、お母さんは感心しているような顔で見る。

「高校までは全然勉強しなかったのにねえ」

「ははは」

だって、少しは勉強しないと。

知らない、忙しいからできない、病院が研修をしてくれないからわからない。

それはこっちの事情であって、患者には関係ない。

患者になにを聞かれても答えられるように、知識を入れておかなきゃ。

自分が患者だったら、全然自分の病気のことがわからない看護師に担当してもらうの、やだもん。

笑って返すと、がらりと台所の戸が開いた。

「お母さん、なんか食べるものある？」

弟の瑞希《みずき》だ。高校三年生の彼は、百六十センチの私より十センチほど背が高い。くりっとした目や白い肌、こぢじんまりした鼻や口が女の子っぽい。周りからはよく似ている姉弟だと言われる。違うのは私のほうが髪が長いことくらい。

「昨日のカレーがあるよ」

「いいね」

とっくにサイズアウトした中学時代の体操服を寝間着にしているので、手首足首が見えている。髪も今どきの子みたいにすればいいのに、なんとなくモサッとしていた。

私も仕事中は背中まである茶色の髪をお団子にしているだけだから、人のこと言えないけど。

「もう少ししたら図書館に行ってくる」

カレーを食べながら、瑞希がもそもそと言う。声だけはいつの間にか男の子らしく低くなっていた。

「そう。うちの子はふたりとも偉いわ。きっとお父さんに似たのね」

亡くなったお父さんは、有名な県立大学出身だったという。

しかし就職するところが悪かったのか、収入は平均的に見ても少なく、亡くなる前からお母さんは常に節約を意識していたらしい。

以前瑞希が『どうして貧乏な親父と結婚したのさ』と遠慮なく母に聞いたことがあった。お母さんは『いい人だったのよ』とだけ答えたが、そのときの表情は苦労をしていたと思えないほどしあわせそうで印象的だった。

私にはお父さんの記憶はほとんどない。休みの日は一緒に遊んでくれたなとうっすら覚えているくらいだ。

弟はお父さんの血を継いだのか、頭がいい。家で勉強していると家族に気を遣わせるからという理由で、土日は図書館で勉強している。かといって勉強だけではなく、家の手伝いもちゃんとする、よくできた弟だ。

百均のトートバッグに勉強用具を詰め込んで瑞希が家を出ると、お母さんはため息をついた。

「瑞希、公立を目指すって言ってくれてるけど、本当にやりたいことがあっても黙っていそうだね」

瑞希は優しいから、お母さんになるべく苦労をかけたくないのだろう。

ため息をつくお母さんにつられて私も眉を下げる。

「たしかに。言ってくれればいいのにね。私も瑞希のためならいくらでも働くよ」

「七海が犠牲にならなくてもいいの。七海にだって自分の好きなことをやってほしいの」

お母さんは、私と瑞希に自由に生きてほしいと望んでいる。ありがたいことだけど、私は家族のために頑張ることを犠牲になっているとは思っていない。

「私は好きで看護師をやってるんだよ。卒業文集の『将来の夢』でも書いたでしょ？」

「そう？　それならいいけど……」

深刻に悩みがちなお母さんは、少しホッとしたような顔をしていた。

「じゃあ、行ってきまーす」

私はバスで、病院の図書室に向かう。

瑞希もうすぐ大学受験だけど、自己流で勉強している。お母さんは塾に入れてあげたいみたいだけど、本人が遠慮するのだ。

頭がよくて勉強が好きな弟には金銭的な心配を一切させず、本当に好きなことをしてほしい。だから私も頑張らないと。

ぼんやりと瑞希のこれからの学費生活費諸々を試算していると、バスが病院の前に着いた。

「こんにちはー」

病院併設の図書室は土日関係なくいつも空《す》いている。今日も受付のガラス窓からふたりしか見えない。受付を済ませた私は窓際の明るい席に向かった。

「えと、循環器の看護……」

本当は自分で本を買って勉強すべきだ。そのほうが最新の情報が手に入るし、手元に置いておけばいつでも読める。

だけどうちは貧困家庭なので、なんとなくもったいないと思ってしまうのだ。

そして瑞希のために少しでもお金を貯めておきたい。

幸い、大きな病院に就職できたので、資料は図書室に潤沢《じゅんたく》にある。使えるものはなんでも使わせてもらおう。

循環器のコーナーを見つけた私は、あっと息を呑む。

すぐ近くの閲覧席に、私服姿の笠原先生が座っているのを見つけたのだ。

「こ、こんにちは」

小さな声で挨拶し、軽く頭を下げる。

だって、気づいているのに無視したら感じ悪いものね。

笠原先生は私物と思われるノートパソコンに向かっていて、視線だけを動かす。

こちらを一瞥した彼は、なにも言わずにまたパソコンに目を向けた。

あらら、ご機嫌斜めなのかも。

服装がいつもと違うから、誰かわからなかったのかもしれない。

とはいえ、挨拶を無視するなんて……。

学生時代に励ましてくれたのは、本当にこの人だったのかな？

ほどなく目的の本を見つけ、先生が座っている隣のテーブルに座った。カタカタとキーボードを叩く音が軽快に聞こえてくる。

私服ってことは、お休みか夜勤明けかな。

ドクターは外来診察だけでなく、入院患者の治療指示やオペなど、その仕事は多岐にわたる。

忙しすぎて、仕事以外のことは目に入らないのかも。

本を読んで自分の勉強をしていると、笠原先生のテーブルからキーボードの音が止んだ。

気になって目を向けると、なぜか笠原先生がこちらを見ていた。

目が合ってしまって気まずいので、その場の空気をごまかすようになにか話そうと必死で言葉を探す。

「えと……お忙しそうですね。今日はお休みですか?」

「夜勤明けだよ。ここに俺がいるって誰かに聞いたのか。なんの用だ」

「はい?」

なにを言われているのか、ちょっとよくわからない。

「用なんてないです。勉強をしに来たら、たまたま先生がいただけで」

困惑していると、笠原先生はため息をついた。

「そうやって偶然を装って近づいてくる看護師が何人いたことか」

先生は不快そうにブツブツ言っている。

偶然を装って? そういう看護師がたくさんいた?

「もしかして先生、私が先生を狙っていると言いたいんですか？」

そうだとしたら、とんでもない言いがかりだ。

私を無視してまたキーボードを打ち始めた先生。

イケメンなのに、なんとなく憎たらしく見えてきた。ただ勉強をしに来ただけなのにそんな風に思われるのは心外だ。

「先生、そういう考えはやめたほうがいいです」

「なんだって？」

囁きかけると、笠原先生はじろりとにらみつけてきた。

「だって、自分に近づいてくる看護師がみんな自分を狙ってるって思うんでしょ。自意識過剰すぎませんか？　過去に女の人と嫌なことでもあったんですか？」

「は……」

「自意識過剰な人は、自分で思うほどモテないですよ。だから安心してください」

なにがあったのか知らないけど、女性に対してそんな風に思っているのはもったいない。

私は真剣に話しているのに、先生は鳩が豆鉄砲を食らったような顔をした。

そして。

「ぷっ……はは、間違いない！　きみの言う通りだ」

いきなり噴き出したと思ったら、お腹を抱えて笑いだした。

「モテないから安心しろって……」

ひいひい言いながら涙まで出てきたのか、目じりをぬぐっている先生。

私、そんなに面白いこと言ったつもりないのに。

でも、笑っている先生はむっつりしているよりも悪くない。

なんだか胸の奥をくすぐられているような感じがする。

「そうか、俺はモテないのか」

「いえあの、患者にはモテモテだと思いますけど」

一部の看護師には、まあまあ敬遠されている。

というのも、彼は仕事に対してはとても厳しいからだ。

わざわざ口にはしなかったけど、顔には出ていたようだ。先生はますます笑う。

「正直だな」

けらけら笑う先生。

「だって先生、看護師には怖いくらい厳しいから」

「そんなに？」

「自覚ないんですか。ほら、この前のオペのとき、看護師さんに『遅い、代われ』って。あれビクッとしました」

笠原先生は記憶を探るように上を見て、「ああ」と呟いた。思い出したようだ。

「オペは短いほうが患者に負担がかからない。そうだろ?」

「それはそうですけど」

あの看護師が少し気の毒に見えたのは、私だけじゃないはず。

うつむいた私に先生は淡々と言う。

「医療従事者が患者のために動くのは当たり前じゃないかな」

思わず前を向き直す。先生は真っ直ぐにこちらを見ていた。

「俺は医者として、患者の病気を治すことに命を懸けている。患者や家族の苦しみを少しでも取り除くのが医療従事者の務めだ。甘えは許されない」

迷いのない瞳の美しさに息を呑んだ。

そうか、笠原先生はそういう信念があるから、スタッフに厳しいんだ。

きっとそれ以上に、自分自身に厳しい。

「でも俺の理想をみんなに押しつけちゃいけないよな」

「いえ、そんなことは……。素敵だと思います。私も先生みたいな医療従事者になりたいです」

患者の気持ちに寄り添い、苦痛を少しでも取り除く。

そんな看護師になりたい。

こちらも見つめ返すと、先生は淡く微笑む。

「さっきは失礼なことを言ってすまない。ちょっと迷惑な人にまとわりつかれてるんでね。疑心暗鬼になっていた」

「迷惑なって……ストーカーですか？」

それって患者かな。たしかに弱っているときに優しくしてくれたドクターに惚れちゃうっていうのはありそう。

看護師も患者に本気の恋をされて、困っている人が少なからずいるものね。

「まあ、そんなようなもんかな」

ストーカーまでされたら女性を警戒するのもわかるけど、ほとんどの人は先生に害を与えたりしない。そう気づいてくれたらいいけど。

「警察に相談したほうがいいんじゃないですか？」

「できる限り表沙汰にしたくないんだ。あまりにひどかったらそうするよ。忠告ありがとう」

そう言い、先生はまたパソコンに視線を戻した。

「じゃあ私、そろそろ失礼します」

「ああ、気をつけて」

あんまりここにいて、先生の邪魔をしてもいけない。私は本を借りて帰ることにした。

そうか、笠原先生ってあういう風に笑うんだ。

クールな人だと思ってたけど、しゃべってみると意外と普通なんだな。

そしてとっても、仕事に熱い人。

帰りの電車の中、私は笠原先生のことばかり思い返していた。


次の出勤日、私は笠原先生がオペをする患者を受け持つことになった。

「ミスすると笠原先生のお説教が超ヤバイから、慎重にね」

出勤早々先輩に脅され、緊張が増す。少し残っていた眠気も吹っ飛んだ。

「脅さないでくださいよ〜」

笠原先生がミスに厳しいのは、もちろん患者に迷惑をかけないため。

それに加え、先生はとても忙しいのだ。看護師のミスで先生のスケジュールが狂うと、先生も困る。

だからといって、誰かに頼りきるわけにもいかない。

オペは午後だ。落ち着いてやろう。

慣れている主任看護師に指導してもらいながら、手術の準備を整えた。

「よし、これでいつでも行ける」

あとは時間まで他の受け持ち患者のところも回らないと。

私は点滴や薬をノートパソコンが乗ったカートに積んで、受け持ちの病室で体温や血圧を測り、患者の話を聞いて回った。

ひと通り終えて最後の部屋を出ると、隣の病室から出てきた千葉くんと目が合った。

「あ、もう立派に独り立ちした槇じゃん」

「やめてよ。だって私、もう三年目だよ。新人みたいに人に頼っているわけにはいかないじゃない」

まだわからないこともたくさんある。ひとつずつ覚えていかなきゃ。

「いやいや。主任たちが褒めてたよ。槇は覚えが早いって」

「嘘ばっかり」

「本当だって。そうだ、今度病棟で槇の歓迎会やろうって話してるんだ。槇、なに食べたい？」

毎日忙しい中で歓迎会を計画するの、大変なのに。ありがたいなあ。

昔私が泣かされた指導者はすでに退職していて、今の病棟看護師はいい人ばかりだ。

「うーん、焼肉かなあ」

「おっけ、主任に言っとく。そうだ、あとさあ」

千葉くんが急にフリーズした。まるで古いパソコンみたいに。

どうしたのかな。

ふと背後に気配を感じて振り向くと、そこにはむっつりした笠原先生が。

「ひえっ」

千葉くんより長身の笠原先生に見下ろされると、威圧感満載でドキッとする。

「仲がいいのはけっこうなことだが、廊下での私語は控えるように。患者が迷惑がっている」

笠原先生は私の背後の病室から出てきたようだ。親指でそちらを指している。

「すみません！」

私と千葉くんはそろって頭を下げる。

患者の中には日中も静かに寝ていたい人もいる。

笠原先生は私を一瞥して、低い声で言った。

「きみは俺のオペ患の担当だな」

「は、はい」

「時間厳守で頼む」

それだけ言って、先生はスタスタと早歩きで行ってしまった。

「無駄口叩いていて、遅刻なんかしたら承知しないからなってことだ」

千葉くんが笠原先生の台詞を解説するから、余計にドキドキした。もちろん、悪い意味での動悸《どうき》だ。

「ごめんな、俺が話しかけたから」

しゅんとする千葉くん。

彼だけが悪いんじゃない。私も一緒にへこむ。

「ううん、私もごめんね」

ぽんと背中を叩くと、千葉くんはにこりと笑った。

ああ、やっちゃった。笠原先生の熱い思いを聞いたばかりだというのに。

気の置けない同期だからとついおしゃべりしちゃったけど、たしかによくなかった。

仕事中は先生みたいに気を引きしめなきゃ。

「かっこ悪いところ見られちゃったなあ」

この前図書室で会ったときはあんなに笑っていたのに、今は口角のひとつも動かない。

当たり前だ。仕事中の先生はいつも真剣なんだもの。

私はしばらく先生の後ろ姿を見送っていた。

【どっちが本物？】

予定通り、患者が寝かされたベッドを押して午後一時半にオペ室へ到着した私は、安堵して受付を済ませる。

事務員に患者の名前を告げ、自動ドアを開ける。ベッドごと部屋の中に入った瞬間、患者から「待って」と声がかかった。

五十代女性の患者は怯えたような顔で私を見上げる。

「やっぱりやめる。怖いから帰ります」

土壇場で怯える患者はよくいる。というか、当たり前だと思う。

だって外科手術って、自分の体を切り開かれるんだもの。そりゃあ怖いよね。

「わかります。でも、安心してください」

私はベッドの横に屈《かが》み、患者さんの手を握って目を見つめる。

「笠原先生のオペは一瞬ですよ。しかも確実です」

「でも人間なんだからなにが起きるかわからないじゃない」

「その通りです。だからスタッフみんなで協力して、不測の事態にも備えています」

話しているうちに患者のこわばっていた表情が少しずつ和らいでいく。

「私たちに任せてください。絶対元気になって、お孫さんにランドセル買うんだって言ってらしたじゃないですか」

私は患者から預かっていた大事なお孫さんの写真をポケットから取り出して見せる。

患者は写真と私の顔を交互に見つめ、深い息を吐いてうなずいた。

「そうね……、そうだった。ごめんなさいね。私、先生とみなさんを信じますから。よろしくお願いします」

ぎゅっと強く手を握られ、両手で握り返した。

「こちらこそ、よろしくお願いします」

納得した患者をオペ室の看護師に託し、前室に入っていくのを見送っていると、後ろからぽんと肩を叩かれた。

「わあ。びっくりした」

振り返ると、笠原先生が立っていた。

「よく説得してくれた。あとは俺に任せろ」

自信がみなぎっているような強いまなざしが、私を安心させる。今回もきっと、笠原先生なら大丈夫だ。

彼は背を伸ばし、足早に歩いていく。

説得というほどのことはしていないけど、先生にそう言われるとなんだか誇らしい気分になった。


オペは無事に終わり、患者は一週間後に退院できることとなった。

その翌日からも笠原先生は忙しすぎて病棟にいる時間が短く、いても患者の部屋を回るのみで、看護師たちと話すことはそうそうない。

用事のある看護師はなんとか先生をつかまえていたが、みんな緊張しているようだった。

その中でも果敢に話しかけにいく猛者がいた。病棟一の美人看護師だ。

「先生、私オペ室の業務に興味があるんです。今度、ふたりきりで教えていただけませんか? お食事でもしながら……」

他の看護師がほとんど来ない、一番奥の病室の前で、美人看護師が笠原先生に話しかけているところを偶然目撃してしまった。看護師はあざとい上目遣いをしている。

私はナースコールで呼ばれて、一番奥の病室のベッドシーツを替えている。決して立ち聞きしているわけではない。

ドクターはみんな彼女のことを気に入っていると評判なので、笠原先生もそうなのかな。ふたりきりでどんな勉強をしようって言うのかしら。

モヤモヤしながら耳を澄ませていると、先生の声が聞こえてきた。

「それはいいことだ。ふたりきりじゃもったいない。さっそく看護局と教育課に相談して、希望者を集めよう」

「え、あ……」

「君からも師長にも言って業務時間内で勉強会をできるか提案してみるといい」

「いえ、うちの病棟忙しいし……また出直しま～す……」

彼はほかのドクターだったら絶対に鼻の下を伸ばして受けそうな相談を、真面目に受けて返す。

美人看護師は、オペ室の業務に興味があるふりをして笠原先生に近づこうと思ったのだろう。声のトーンでそう直感した。

でも先生はそういうことに興味がないのか、単に撃退するために真面目に返したのか……わからないけど、彼女の誘いに乗らなかったのはたしかだ。

とにかく彼は誰かと楽しくお話しようという気などはなく、どんな相談も合理的かつ効率的な指示で捌いていく。そうしてやることをやると、さっさと病棟から出ていってしまうのが常のようだ。

図書室での一件で彼のプライベートな部分を知れたような気がしていたが、そんなに簡単に彼との距離が縮むわけもなく、私と先生はいまだに顔見知り以上でも以下でもなかった。


「槙、飲みに行こう」

ある日の勤務帰り、千葉くんに食事に誘われた。

学生の頃はよくみんなでファミレスに行って、反省会をしたっけ。

「そういえば、歓迎会ってどうなったの？　みんな大変だからムリしなくていいけど」

「ごめんな、なかなか日程が決まらないんだよ。今日は同期だけで飲もうや」

病棟看護師はシフト制で夜勤もあるので、飲み会の日程がなかなか決まらないというのはよくある話だ。

私たちは地下鉄に乗り、病院からひと駅離れた街で食事をすることにした。

病院の近くにはファミレスもお洒落《しゃれ》なレストランもあるけれど、なにせ仕事帰りの看護師が多い。こちらも仕事の相談などをする際に周りを気にしたくないから、少し離れた場所を選んだのだ。

今のところ千葉くんに相談することはないけど、誰かと話をしたい気分だったので誘ってくれてよかった。

私たちは降りた駅から徒歩およそ十分のところにあるスペインバルに入った。ヴィンテージな内外観のそのバルは、薄暗くて大人な雰囲気。あちこちでカップル客が食事を楽しんでいる。

私たちは、アヒージョや生ハムと共にサングリアを注文する。赤ワインにフルーツが入っているデキャンタに乙女心をくすぐられた。実際、スマホで写真を撮っている女性が何人かいる。

「そんで、どう？　もうすっかり慣れた？」

パエリアを取り分けながら、千葉くんが聞いた。

「うん、みんないい人でよかったよ」

「そっか。まあ、看護師にしては穏やかな人が多いよな」

大変な仕事だからか、看護師は強くてサバサバしている人が多い。強くなきゃやってられないというのが理由だと私は思っている。

「千葉くんは学生のときに今の病棟で実習したの覚えてる？」

「そりゃ覚えてるさ。指導者がいつも機嫌が悪くて、俺たちに八つ当たりしていたよな。木林《きばやし》さんっつったっけ」

千葉くんが差し出してくれたパエリアを受け取る。

「みんな泣かされたよね」

「でも木林さん、俺が入職して一年後に辞めたよ。だから一年と少し前かな」

「そうなんだってね。どうして辞めたの?」

仕事命って感じの人だったのに。

「笠原先生を怒らせたんだよ。あの人、自分が患者の部分入れ歯をうっかり流しに流しちゃったのを後輩のせいにしようとしたんだ」

「ええっ」

「それ以外にもさ、麻薬の管理ができなかったり、認知症の患者をバカにするような話し方をしてキレられたり、いろいろあったんだって。でも全部後輩のせいにして逃げてたんだ」

私はスプーンにパエリアをのせたまま、あんぐりと口を開けてしまった。

実際にいるんだ、そういう人。漫画やドラマの中だけの話だと思っていた。

「でも笠原先生がそれを暴いてズバッと言ってくれてさ。あのとき先生は病棟のヒーローだったね。あの人、いたたまれなくなって辞めたよ」

千葉くんはすっきりしたような顔つきで話す。

私も、たった二週間指導されただけでメンタル病みそうだったもの。ずっと一緒にいる同僚たちの苦労は計り知れない。

「学生を指導できるような人じゃなかったんだね」

自分のミスを認められず人のせいにしていては、いつまでも成長しない。そんな人が他人の教育をできるかは疑問だ。

「そうだ、あのとき笠原先生、『学生の指導の仕方も考えろ』って言ってくれたんだ」

「えっ？」

「やる気のある人材の芽を摘むな。ダメ出しばかりじゃなくて、どうしたら学生が成長できるかを考えろって。そう言ってたらしいよ」

やる気のある人材が他の病院に流れてしまうだけでなく、看護師の道をあきらめてしまったら、医療業界全体にとって大きな損失となる。

「笠原先生、そういうところ厳しそうだもんね」

「まあ普段は冷たいから、ヒーローだったのはたった一瞬。今は怖がられてるよ」

間違ったことをはっきり言ってくれるのだから、もっと好かれてもいいはずなのに。気さくなところもあるんだけどな。もう少し看護師の話を聞いてあげるだけでも印象が変わるのに。

「実は私、学生のときに笠原先生に泣いているところを見られたことがあるんだよね」

「えっ、初耳だけど」

「そりゃ、木林さんに泣かされたなんて言いたくなかったもの」

木林さんのことは苦手だったけど、あの人のおかげで打たれ強くなれたと思う。

昔から他人に弱みを見せたくなかった私は、当時誰にも笠原先生のことを話さなかった。

「そのとき、先生は私を励ましてくれたんだ」

「へえ。あの笠原先生がねえ。でもわかる。先生、看護師には厳しいけど、患者にはまだ優しめだよな。外部の人間にはいい顔するタイプなのかも。一応うちの病院の御曹司だし」

「御曹司ねえ……」

千葉くんは笠原先生が御曹司だから、病院の評判を気にして外面をよくしていると思っているみたい。

私はそうは思わない。先生が患者さんに気を遣うのは、それが医療従事者の務めだと考えているからじゃないかな。

「もしかして槇、笠原先生に惚れてる？」

千葉くんがサングリアをあおる。

私はその言葉に不意打ちされてドキッとした。

「はいっ？」

「学生のときに先生に励まされて、好きになっちゃったりしてた？」

「バッ……」

バカじゃないの、と言おうとして言葉が詰まった。

それはない。絶対にない。

だって、好きになるほど関わっていないもの。

でも、あの数分のことは、たしかに自分にだけ起きたことだと思っていたのかもしれない。

「違うし。憧れてただけだし。私も若かったし」

学生から見たら当時の笠原先生は理想の大人だった。だから、憧れたのだ。

「そうか、じゃあよかった」

「なにがよかったの」

私はパエリアを口に入れる。魚介の旨みが染み込んだお米を楽しんでいると、千葉くんも生ハムを食べながら言った。

「先生、婚約者がいるっぽいからさ」

婚約者──。

ぽろんと手からスプーンが転げ落ち、大きな音を立てた。

「あ、わああ」

「なにしてんの」

気づいた店員さんが新しいスプーンをくれてその場は収まった。

「ところでさあ槇、俺の話を聞いてくれよ」

千葉くんは私の動揺に気づいていないみたい。自ら話題を変えてくれて助かった。

「なに？　さては恋愛相談？」

「そうなんだよ。好きな子がいて会うたび話しかけてるんだけど、反応薄くてさあ。俺に興味ないのかなあ」

料理を食べながら彼の話をよく聞くと、なんと好きな相手はうちの病棟担当の薬剤師らしい。

私も数回話したことがあるけど、小さくて細いかわいらしい子だ。

「彼氏はいるの？」

「いないって言ってた」

千葉くんは言葉を切るたびにお酒を飲む。だんだん顔が赤くなってきた。

「相手のほうが頭いいだろ。だから俺なんて相手にされないのかな」

薬剤師は難しい試験を突破してきた、偏差値の高い人ばかり。

千葉くんは昔から勉強が苦手だったので、コンプレックスがあるらしい。

「そんなの関係ないよ。もっと男としての魅力を見せて」

「でもさあ、年収もあっちのが上だし、俺はこんなふうにちょっとなよっとした見た目だし、男としての魅力ってどうしたら……」

デキャンタで注文したサングリアが千葉くんに飲まれてどんどんなくなっていく。

「うんと、あ、聞き上手な人がモテるって聞いたことある。自分の話ばかりするんじゃなくて、相手の話を聞いたら？」

精一杯アドバイスしたつもりだけど、千葉くんは私を見て深いため息をついた。

「なかなか話してくれないのに、なにを聞いたらいいんだよ」

「おとなしい子なのね……」

「恋愛経験ない槙に相談したのが間違いだったかなー」

千葉くんは酔ったのか、ろれつが怪しくなってきた。

いつの間にかお酒が底を尽きそうになっている。その上、おかわりを申し出ようとするので、さすがに止める。

「もう飲まないほうがいいよ」

「飲ませてくれよー。飲みたいんだよー」

「落ち着こう。ね?」

水をすすめると、千葉くんは素直にそれを飲んだ。

少し落ち着いたみたいだけど、ぐでんとテーブルに両手と顎を預けてしまっている。

「ねえ、ちゃんと歩いて帰れる?」

「らいじょーぶ、らいじょーぶ」

全然大丈夫じゃなさそう。困ったな。さすがの私も千葉くんをおぶって帰ることはできない。

とりあえずお会計して、タクシーを呼ぶしかないかな……なんて考えていると、上から低い声が降ってきた。

「きみたちは付き合っているのか。よく一緒にいるな」

聞き覚えのある声に、勢いよく上を向いた。

「かっ、かかかかか、笠原先生」

私の驚いた声に、突っ伏していた千葉くんがとろんとした目のまま顔を上げた。

笠原先生はネイビーのカジュアルなセットアップ姿。いつも視界を邪魔しないようにセットされている前髪が、今日は少し顔にかかっている。クールな表情で、なにを考えているのかよくわからない。

「あれ～先生。デートですかあ？」

「いや、ひとりだ」

千葉くんが陽気に絡んでいくのを、私はハラハラして見ている。

「先生のほうから話しかけてくれるなんて、珍しいれすね～。俺と槇は仲良しなんれ～す」

「ちょっと、やめなさいよ」

「先生も人の恋愛に興味があるんれすねえ。なんらか俺、安心しちゃうな」

「やめなさいったら」

まだだいぶ酔っているみたいな千葉くんを、笠原先生は呆れた顔で見下ろす。

たしかに、先生の口から『付き合っているのか』なんて出てくるとは思わなかった。

いやそれ以前に、わざわざ話しかけてきたこと自体珍しいのではないだろうか。

「あまり彼女の前で醜態をさらすなよ」

千葉くんは「はい」と素直にうなずいた。

ちょっと待ってほしい。今先生が言った〝彼女〟っていうのは、単なる代名詞なのか、〝千葉くんの彼女〟という意味なのか。

後者だとしたらひどい誤解だ。

「違います。私たち、付き合っていません」

「ああそう。それはそうと、こいつ、こんな状態で帰れるのか？」

私と千葉くんの仲を誤解のないように説明しようとしたのに、あしらわれてしまった。先生は千葉くんを心配そうに見る。

「困ったやつだな」

「本当に……」

私も、千葉くんがこんなに飲んで悪酔いするところを初めて見た。

きっと、薬剤師の子が本当に好きで、いろいろ考え込んでいたんだろう。

でもね千葉くん、この姿を見たら薬剤師の子も引くと思うよ。

今後は飲みすぎないように言っておかなくちゃ。

それはともかく、どうやって帰ろうか。

「さあ千葉くん、帰るよ。歩ける？」

「歩ける歩ける。余裕らよ」

千葉くんは颯爽《さっそう》と立ち上がり、ぐらりとよろける。

転びそうになった彼を、笠原先生がとっさに受け止めてくれた。

「おいおい。しっかりしろ」

「あ〜先生、いいにお〜い」

「気色悪いな」

先生に抱きつくようにして首元のにおいを嗅ぐ千葉くん。

心底嫌そうに顔を歪《ゆが》めた先生は、千葉くんに肩を貸してしっかりと支えた。

「外まで運ぶよ」

「えっ、いえそんな」

「きみじゃムリだ。さっさとタクシーに乗せて返そう」

彼は千葉くんと店の外に出ていく。

慌ててお会計を済まそうとすると、店の人が「あの人が入ってきたときにお客様のテーブルの分を支払ってくれましたよ」と告げられてますます慌てる。

まさか、先生が先にお会計を済ませてくれているとは夢にも思わなかった。

「先生！」

店を出て、先生と千葉くんのもとに駆けていく。

「あの、お金を」

「そんなのいつでもいいから。タクシーをつかまえてくれ」

先生はふらつく千葉くんを支えて道路脇に立つ。

タイミングよく来たタクシーを私がつかまえ、先生が後部座席に彼を乗り込ませる。

彼は千葉くんに一万円札を握らせ、自分で住所を言わせた。

「なにかあったらここに連絡をしてください」

タクシーの運転手さんは迷惑そうな顔をしていたけど、渡された先生の名刺を見てうなずき、出発した。

「ありがとうございます。ご迷惑おかけしてすみませんでした」

「きみが謝る必要はない。しかしあいつは酒癖が悪いな」

笠原先生は千葉くんを乗せたタクシーを見送りながら苦笑した。

「先生は今から食事を?」

「ん? ああ、そのつもりだったけど、なんかあいつがベロベロになっているのを見たら、そんな気分じゃなくなったな」

店内ではみんな、食事と共にお酒を楽しんでいた。

先生もカウンター席で静かに飲みながら食事をするつもりで来たのかな。悪いことしちゃった。

「ここにはよく来るんですか?」

「いや、ごくたまに。呼び出されると困るから」

先生の言葉にうなずく。

病院では、いろんなことが起きる。

検査から帰ってきた人が突然ショック状態になったり、さっきまで元気だった人が痙攣《けいれん》を起こしてぐったりしたり。私も何度救急カートを押して走ったことか。

そんなときは先生も夜中に呼び出されたりするから、なかなかお酒も飲めないだろう。

「さて、次はきみが乗るタクシーをつかまえないと」

先生は道路のほうを向く。

「いえ、私は電車で帰ります」

「駅まで歩くのか。ちなみに家はどっち」

家の場所を素直に答えると、先生は「それなら」とたまたま来た一台のタクシーをつかまえた。

「俺と一緒の方面だ。ついでに乗っていくといい」

「ええっ」

ついでにって、そこまで甘えていいのかな。

「お客さん、どうします?」

待たされているタクシーの運転手が、早く行きたそうに尋ねてくる。

「ふたりとも乗ります」

勝手に先生が答える。

「えっ?」

「ほら、早く」

私は後部座席に押し込まれる。そのあとで先生が乗り込んで、ドアを閉めた。

「ダメですよ。これ以上甘えられません」

「俺の帰り道の途中にきみの家があるんだから、気にしなくていい」

気にしなくていいって言われても気にするよ。

しかも先生とこんなに近い距離で、なにを話せばいいの?

緊張して仕方がない。

「やっぱり降ります。歩きます」

逃げようとドアに手をかける私の肩を、先生がグイッと制した。

「女性がこんな夜中にひとりは危ないだろ。自覚しろ」

間近で言われた私は思考停止して、ドアから手を離した。

なかなか落ち着かない私に、年配の運転手が少しイラついた様子で尋ねる。

「お客さん、行先は？」

「このあたりでお願いします」

私の自宅の場所をスマホで見せながら、運転手に伝える笠原先生。もう後に引けなくなってしまった。

「じゃ、じゃあ……」

観念して詳しく番地まで教えると、タクシーは発車した。

予想を上回る乱暴な運転に、カーブで体を持っていかれそうになる。

遠心力で互いの体が触れ合い、心臓が余計に跳ねた。

ドッドッドッとうるさく鳴る胸を手で押さえ、深呼吸で落ち着こうとすると、先生のにおいを思い切り吸い込んでしまった。

落ち着け、落ち着け私。

黙っていると、笠原先生のほうから口を開いた。

「そういえば、きみはどうして看護師を目指したんだ?」

「私ですか? えっと……家にお金がないからです。ちょっと笑っちゃうくらい」

私はナイチンゲールの伝記のことや、弟の大学受験のことを話した。

話していたら不思議と落ち着いてくる。

「家族を支えるためか。今どき立派な若者だな」

「そうですか? 家族が支え合うのは当然のことでしょう?」

笠原先生は目を丸くし、次の瞬間ふふっと笑った。

「いや、絶対珍しい」

バカにされているのかと思ったけど、そういうわけではないらしい。嫌な感じはしない。

先生は近すぎる距離で私のことを見つめていた。

照れくささで顔が熱くなる。

彼の視線から逃れたくて、別の話題を振った。

「でも、そんな理由で目指したからか、実習中は毎日くじけそうでしたよ。どれだけ泣いたことか」

「ほう」

彼は真顔で軽い相槌を打つ。

あの日のことを聞いてみようか。

私は勇気を出し、彼に問うことにした。

「……先生、覚えていませんか？　私、学生のとき先生に会っているんです」

驚くと思ったのに、笠原先生は素直にうなずいた。

「覚えてるよ。ピンクの実習服でわんわん泣いてた、半田さんの担当の学生だろ？」

「のわ⁉」

たしかに実習服はピンクで、担当した患者は半田さんだった。

まさか、覚えていたとは。

驚かせるつもりが、逆に驚かされた。

「覚えているなら、言ってくれればよかったのに！」

「そっちこそ忘れているかもしれないと思って言わなかったんだ」

たった一瞬話しただけなのに、私の顔を頭の片隅で覚えていたのか。

信じられなくて、うまく言葉が出てこない。

「本当にうちの病院に来てくれていたんだな」

「ええ、まあ」

覚えられていると実感すると、途端に恥ずかしくなる。

わんわん泣いていたこともそうだし、大人の社交辞令を真に受けて本当に入職したと思われていたら……。

うつむいていると、ぽんと頭になにかがのった。

笠原先生の手だと気づくのに時間はかからなかった。

「いい看護師になったな。この前オペ室の受付で患者と話しているのを見て、そう思った」

優しい声で囁かれ、思わず目頭が熱くなる。また泣いたらかっこ悪いので、顔を見られないようにうつむいた。

仕事中はあんなに厳しくてクールなのに、思いがけず優しくされて、胸が自分で制御できないくらい高鳴っている。

短期間でいろんな顔を見すぎて、どれが本当の彼の顔なのかわからない。

できれば、優しいほうが本当の先生だったらいいな。

まさか、私……笠原先生を意識している？

そう気づくと、余計に顔を上げられなくなった。

だって、絶対に真っ赤になっているだろうから。

いい看護師になったと言われたら、その評価にふさわしい人間になりたいと思うわけで。

だって、私がやっていたことは全然特別なことじゃない。

憧れの先生に、もっと認められたい……っていうか、がっかりされたくない。

だから、これからもたくさん勉強して頑張らなくちゃ。

「おはようございます、井上《いのうえ》さん。お加減いかがですか？」

努めて明るい声で受け持ち患者の病室を訪ねる。

個室にいるこの患者は井上さんといって、奥さんと成人した娘さんと三人で住んでいる、ごく普通の中年男性。一昨日虫垂炎《ちゅうすいえん》……いわゆる盲腸の手術をしたばかりだ。

本来は消化器外科の患者だが、現在ベッドが足りないということもあり循環器外科病棟に入院している。

盲腸の手術は昔のような開腹手術ではなく、少しの傷口でできる腹腔鏡《ふくくうきょう》手術が主流になっている。

その手術が無事に終わり、もうすぐ退院間近な彼は、ぱっと見た感じ元気そう。

「お昼の担当の槇です。よろしくお願いします」

井上さんは私の顔を見てから名札をじっと見た。

「七海ちゃんか。よろしくね、七海ちゃん」

フレンドリーなおじさんだ。カルテを見ると、五十三歳と載っている。

「はい、お願いします。まずは体温を測ってください」

七海ちゃん呼びはスルーして、体温計を渡す。

井上さんは体温計を受け取るとき、するっと私の手を撫でていった。

――気持ち悪い。

ぞわりと全身に鳥肌が立ち、悪寒が駆け抜ける。

いや、まず落ち着こう。わざとじゃないかもしれないし。

嫌悪感を態度に出さないように気をつける。

「はい」

ピピピと鳴った体温計を指先で受け取ろうとすると、それは井上さんの手からすり抜けて床に落ちてしまった。

「あら」

手を触られないように引きすぎたかも。

仕方がないので屈んで体温計を拾うと、頭に妙な重みを感じた。

「きれいな髪だな。やっぱり若い子の髪はつやがあるね。ねえ七海ちゃん、退院したら食事に行かない？」

ぽんぽんと頭上でバウンドするのが井上さんの手だとわかるのに時間はかからなかった。

うわあ、気持ち悪いよう。心の中で悲鳴をあげる。

患者の中には看護師をキャバ嬢のようにとらえている人がいる。しかし私たちは看護をするためにいるのであって、患者を接待するためにいるのではない。

勢いよく立ち上がると、自然に井上さんの手は私の頭から離れた。

女の子の頭をぽんぽんしていいのは、その子の彼氏だけなんだから。

「うん、平熱ですね」

井上さんの発言をスルーし、必要な仕事だけを手早くやって部屋を出た。

モヤモヤしたまま昼休憩を迎え、同じタイミングで休憩に入った千葉くんと一緒に院内のコンビニへお昼ご飯を買いに行く。

コンビニは患者の家族やスタッフで混み合っていた。

「ねえ、患者が看護師に頭ぽんぽんするのってどう思う？」

「どうって……普通にセクハラじゃね？」

「だよねえ」

どんな理由があっても、普通は親しくもない女の人にいきなり触ったりはしない。患者が私たちに触れてくるのは、看護師という立場だからだ。看護師はなにをしても怒らないし、言うことを聞くと勘違いしているのだ。

「誰にやられたの。気持ち悪いんだけど」

千葉くんがコンビニで大きなお弁当を選ぶ。私はパンとヨーグルトにした。

「患者の個人情報はここではちょっと」

「槇はほんとマジメだな。あんまりため込むなよ」

レジ待ちの列に並んでいると、入り口から笠原先生が入ってくるのが見えた。ドクターもコンビニ使うんだ。毎日食堂で一番高くておいしいランチを食べているイメージだった。今日はそんな暇もないのかも。

笠原先生はお弁当とお茶をつかんでレジに並ぶ。そんな姿さえ、周りにいる患者らしきおば様たちがそわそわするくらいイケメンだ。

あまりにじっと見つめていたのか、列の最後尾についた先生と目が合ってしまった。

「せんせ……」

話しかけようとしたけど、先生はふいと目を逸らす。

あ、今は冷酷モードなのね。

先生の全身から、〝俺は忙しいオーラ〟が迸《ほとばし》っている。いつも大変だなあ。

「槙、レジ空いたぞ」

声をかけられて前を見ると、いつの間にかレジがふたつ空いていた。

「ごめんなさい」

後ろの人たちがまだかまだかと待っている。私は慌てて会計を済ませた。

今日井上さんにされたことは、気にしないでおこう。うん。

それくらいで騒ぎ立てて、自意識過剰だと思われてもいけないしね。

モヤモヤをパンと一緒に胃に流し込み、午後からの仕事に精を出した。

さて、気持ちを切り替えて頑張ろうと次の日出勤して受け持ち表を見た私は、がっかりする。

また井上さんの担当だ。

嫌だなー、また触られそうになったらどうしよう。でも誰かに代わってくださいなんて言えない。その誰かが嫌な思いをしたら申し訳ないし。

準備をして重い足取りで訪室すると、井上さんは早速昨日の話の続きをしはじめた。

「ねえ、おごるからご飯行こう。連絡先交換しよ」

人の迷惑がっている雰囲気を察しないタイプの人か、察していても察していないフリをするタイプの人か、どっちからしい。

つい数日前まで虫垂炎でヒイヒイ泣いて痛がっていたのに、すっかり元気になったものだ。

「そういうのは規則でできないんです」

「えー、黙ってればわからないでしょ」

キッパリ断っているのに、井上さんはしつこい。

私じゃなくて、心配や迷惑をかけたご家族においしいものをごちそうしてあげたらいかがでしょう。

とは言えず、「いやいやダメなんですよー」と言って流す。

「さ、血圧測りましょう」

強制的に話題を切り替える。

さっさとやることやって、ここから出たい。

いくら患者でも、こういうタイプの人には優しくする気は起きない。さらっと対応しないと、私以外の看護師も被害に遭ってしまうかもしれないからだ。

「はーい。七海ちゃんが来てドキドキしたから、血圧上がってるかもなあ」

「いやいや……」

娘さんと近い年齢の女子になにを言っているのか。

と思いつつ、さっさと終わらせようと血圧計を準備すると、背後になにかが這《は》っていくような感触がした。

一瞬なにが起きているのかわからなかった。

ゆっくり振り返ると、井上さんの手が撫でるように私の背中から腰のあたりを往復していた。

「ぎゃあ！」

思わずあげた悲鳴は、品もなにもなかった。

飛ぶように後ずさった私を、井上さんはにやけ顔で見ている。

「ごめんごめん、当たっちゃった。血圧測ってもらおうと思って手を上げただけだから」
信じられない。ここまでしてしらを切るなんて。
今のは絶対、当たったって感じじゃなかった。だって、往復してたもん。
「ほら、早く血圧測らないと」
「ぐ……」
患者に身体を触られたという話は、他の看護師からいくらでも聞いたことがあった。
でも当事者となると混乱して頭も体もうまく動かない。
悔しい。でもどうすればいいんだろう。
他の看護師が同じことをされないように、ビシッと言ったほうがいいのか。
それとも、黙っていたほうが丸く収まるのか。
唇を噛んで考えていると、井上さんがゆっくり動き出す。
「本当に事故だから。もう少しここにいてよ」
ベッドで上体だけ起き上がった井上さんに、腕をつかまれた。
次はどこを触られるかわからない。
怖い。どうしよう。どうするのが正解なの？
悪寒が背中を走り抜けた、そのとき。

「なにをしているんです」

突如病室の戸が開いた。

「笠原先生」

そこには眉を吊《つ》り上げた笠原先生が立っていた。

彼の後ろに、心配そうに見守る後輩と師長の姿がちらりと見える。

「悲鳴が聞こえたのですが。この手はなんですか」

つかつかと病室に入ってきた笠原先生が、私の腕をつかんだ井上さんの手を離させた。

先生がこんな風に患者に対して怒っているところ、初めて見る。

「いやっ、いやいや……違うんですよ」

さっきまで浮かべていた薄ら笑いは消え、青ざめる井上さん。

笠原先生はその長身で私を守るように井上さんの前に立ちはだかる。

「槙、なにをされた」

「え、あ……背中と腕を触られました。昨日は髪を」

事実を述べると、井上さんは態度を急変させ、怒鳴り声をあげた。

「嘘をつくな！　俺は触ってない！」

「そうですか。他にもあなたに触られたという看護師がいて槙の悲鳴が聞こえたと言うもので、急いで来たのですが」

低い声で詰められ、井上さんはふるふると震える。

他にも被害者がいたのか。もしや、心配そうに見ている後輩かな。

「看護師が文句を言えない立場だと思って、好き勝手やられては困ります」

「そんなこと思ってないよ。ねえ先生、俺は病人だよ？　もっと優しくしてよ」

井上さんは焦ったように猫撫で声でごまをする。

自分のやったことをなかったことにし、穏便に済まそうとしているのがわかる。

笠原先生の広い背中から、井上さんに対する怒気が迸っているのが見えるような気がした。

「できません」

「え……」

「医療従事者は患者の治療や看護はできます。心のケアもできればいいと思います。だけど、個人のわがままのために医療従事者の心を殺すことは容認できない」

「大げさだなあ」

自分が悪いことをしたという自覚が全然ないみたい。

心を殺すっていうのは怖い言葉だけど、言い得て妙だ。

看護する気持ちを裏切られ、逆手に取られ、文句を言えばクレームを入れられる。

そうしたことを重ねていくうちに私たち看護師の心が死んでいく。

男性からしたらたいしたことない悪ふざけかもしれないけど、こっちは眠れないくらい腹が立ってるし気持ち悪いんだから。

中には傷ついて悲しくて自分が悪いのかもと思い悩んで、病気になっちゃう子だっているかもしれない。

どうしてそんなことがわからないんだろう。

肩をすくめる井上さんに、笠原先生は厳しく言い放つ。

「今後も続けるようなら、病院のルールに則って強制退院してもらうことになりますよ」

「え、そ、それだけは」

強制退院となれば、家族に理由を問われることは必至。セクハラのことが奥さんや娘さんにバレたら困るのだろう。

井上さんの顔に狼狽《ろうばい》の色が表れた。

「次はないと思ってくださいね」

「は、はい」

「お大事に。槇、行くぞ」

笠原先生がずんずん進んでいくので、私は慌ててそれについて病室を出た。

井上さんはドアが閉まるまで自分のしたことを認めず、謝りもしなかった。最低最悪の人間だ。

先生はナースステーションに戻ると思いきや、反対方向へ歩いていく。

「先生、どちらへ？」

「いいから行くぞ」

私は言われるまま、先生についていく。

先生が私を連れてきたのは、ナースステーションから離れたところにある仮眠室だった。夜勤看護師のための場所なので、昼間の今は誰も来ない。

ドアを閉めてふたりきりになると、彼は腕を組んでため息をつく。

「災難だったな。いや、災難で済ませていい話じゃないが」

笠原先生が眉間にシワを寄せ、私を見る。

彼が私を心配してくれているように見えたからか、体に残っていた恐怖が和らいでいく。

「どこをどう触られた。怪我はないか？」

「あ、はい。背中から腰のあたりを撫でるように触られましたけど怪我は」

「なんだと」

自分で井上さんの手つきを再現してみると、笠原先生の顔つきがますます鬼のようになる。

「今すぐ出入り禁止にする」

仮眠室から出ていこうとする先生を、白衣をつかんで止めた。

「いいえ、先生が厳重注意してくれたんで。あの人、もうすぐ退院ですし」

「だが」

「次回からは入院しても、男性看護師しかつけないようにしましょう。他の病棟や外来に行ってもわかるように、しっかり記録を残しておきます」

患者は看護師を好きにする権利はないけど、望む医療を受ける権利はある。入院費の滞納とか、暴力事件を起こしでもしない限り、出禁にするのは難しいのが現状だ。

個人的には絶対に許さないけど、私は井上さんの〝医療を受ける権利〟を剥奪することはできない。

「腑に落ちないが……そうするしかないな。まったく、迷惑な患者だ」

笠原先生が患者に対して感情を露わにしているの、初めて見た。

いつも患者ファーストだし、看護師には冷たいと思っていたけど、ピンチのときはちゃんと守ってくれた。

今までのイメージが、いい意味で崩れていく。

「ああいう患者には、毅然とした態度をとっていいんだぞ」

「そうですね……。実際に自分の身に起きると、どうしたらいいかわからなくなっちゃって」

患者を大切にするのと、なんでも容認して甘やかすのは違う。

冷静なときはわかるのに、いざ被害者になると混乱してなにもできなくなってしまう。

自分を情けなく思っていると、先生まで眉を下げた。

「そうだよな。すまん。怖かったよな」

「先生が謝らなくても」

「いや……結局男には、女性がどれだけ怖い思いをしているか、わからないのかもしれないな。とにかく、くじけないでくれよ」

先生の大きな手が、私の頭にぽんとのった。

「あ、すまんつい。これじゃ井上さんと一緒だな」

ぱっと手を離す先生。

「い、いえ今のは大丈夫です……」

井上さんに触られたときの感覚とはまったく違う。

「なにかあったら、すぐ俺を呼べよ」

先生の優しい声に反応し、胸がとくんと音を立てた気がした。

私が呼んだら、駆けつけて助けてくれるとでも言うのだろうか。

今までは美人看護師に言い寄られても、さらっとあしらっていたのに。

社交辞令かもしれなくても、本気にしてしまいそう。

「わかりました」

「師長には俺から報告しておくから」

「はい」

先生は仮眠室から出るなり私にくるりと背を向け、離れていく。

「あのっ、ありがとうございました。助かりました！」

お礼を言い忘れていた私は、慌てた。

先生は〝気にするな〟とでも言うように、背を向けたまま手をひらひらと振って行ってしまった。

結局、次の日すぐに井上さんは退院となった。

セクハラどうこうではなく、彼の主治医が「経過良好なので」と、早めに帰すことにしたらしい。

「よかったな、槙。もしかして笠原先生が裏で手を回してくれたんかな」

昨日の午後から井上さんを受け持つことになってしまった千葉くんも、井上さんにセクハラを受けた他の看護師も、彼の退院を喜んでいる。

「先生はそんな暇ないよ」

昨日、あのタイミングでたまたま病棟に笠原先生がいたことが奇跡だったんだ。

先生はあまり病棟にいない。

彼はいつも外来とオペ室と病棟をぐるぐるしていて、自分の受け持ち患者の部屋を回ったらすぐに次の目的地へ向かって行ってしまうから。

そんな先生が、私には『俺を頼れ』って言ってくれたんだよね。

思い出すと顔が熱くなる。

噂話をしていると、ちょうど笠原先生がナースステーションの前を通りかかった。

「あっ先生、ちょっと待ってください！」

「ん？　ああ槇か」

速足で歩く笠原先生をつかまえると、他の看護師も群がってきた。

「先生サインを！」

まるで空港でファンに囲まれるハリウッド俳優。

「ちょっと待て。一列に並んで」

検査の同意書やらなにやら、先生にサインをもらわねばならない書類は意外に多い。

笠原先生はむっつりした顔ですべての書類にサインすると、息を吐いてその場を離れた。

「槇さんが来てから、笠原先生がつかまりやすくなって助かるわあ」

主任が褒めてくれる。

「槇さんが来る前は、聞こえていない様子で立ち止まらなかったもの」

「私の声が大きいんですかね？」

「そんなことないって。槇さん気に入られてるのよ」

うーん。気に入られているってことはないと思うけど、セクハラの一件もあって気にかけてくれているのかな？

井上さんが退院してから数日後、私は初めて特別室の受け持ちになった。

うちの病院の特別室とは、一泊三万円の病室のことを言う。

まず広さが普通の個室の三倍はあり、大型液晶テレビや革張りの四人掛けソファまで置かれている。食事も一般病棟とは違い、特別メニュー。

病室の中にお風呂も冷蔵庫もついていて、絨毯《じゅうたん》が敷き詰められた床はまるで高級ホテルのよう。

一泊五千円の一般個室もあるので、このご時世、特別室はいつも空いている。だからそこに入るというのは本当のお金持ちだということだ。

「昨日槙先輩お休みでしたよね。その人、昨日入院したんですよ」

ひとつ下の後輩看護師が、受け持ち表を眺める私に教えてくれる。

「槙さん、おはよう」

師長が話しかけてくる。

「おはようございます」

看護師は受け持ちの患者の情報収集をしてから朝の勤務を始める。患者の服薬や検査、ICの予定などを把握するためだ。

パソコンの前に移動しようとした私の手を、つんつんと師長がつついた。

「槇さん、この患者の受け持ち初めてでしょう」

師長の指はセンターテーブルに置いてある受け持ち表、その中の特別室の患者の名前を指していた。

「はい、初めてです」

「ちょっと訳アリな方だから。いつもは主任クラスの看護師が受け持っているんだけど、今日は研修やお子さんの体調不良でみんなお休みでね。槇さんなら大丈夫だと思ったんだけど」

師長はいつもとは対照的に、小さい声でぼそぼそと話す。

「なにか文句を言われたら、言い返す前に絶対に相談して」

「は、はい」

「よろしくね」

師長があんな風に言うなんて、よっぽどなにか複雑な事情の持ち主なんだろう。

頼りにしてくれるのはうれしいけど、私でいいのかな？

カルテから情報収集をするも、特別な事情があるという記録はない。そういうことがあるなら、カルテの画面を開いてすぐの伝言板に書かれているはず。

安藤菜美恵《あんどうなみえ》さん、三十二歳。病名は……ん？

私はやっとそのカルテの異常さに気づいた。

「指示がない？」

普通、入院患者には主治医からの指示が入っているものだ。点滴、服薬、検査、食事、すべて主治医の指示通りに行われる。

しかし安藤さんには軽い睡眠薬しか出ておらず、さらには病名もなく、なんのために入院しているのかさっぱりわからない。

あ、食事は三食しっかり出ているな。

「え～？　ああこれか。交通事故後の定期検査なんだ」

よく見れば、レントゲンや脳波の検査は入っていた。

交通事故の後遺症なら本来なら整形外科の管轄だ。しかも、どれも入院してまでやるべきことかと聞かれればそうでもない。日帰りでじゅうぶんなような。

それなのにわざわざ入院してくるとは、たしかに訳アリっぽい。

「変なの」

ディスプレイに表示された主治医の名前を指でつつく。

そこには〝笠原圭吾〟とある。

整形外科の患者なのに、なぜ循環器外科の先生が主治医なのか。疑問は募るが、考えてもわからない。

「まあいっか」

あとで誰かに聞こうっと。

私は午前のラウンドの最後に、特別室へ寄ることにした。

結局午前は他の受け持ち患者の検査出しなどで忙しく、誰かと雑談している余裕はなかった。

なんの情報もないまま、私は特別室のドアをノックした。

「失礼します」

同じ造りの特別室は全病棟にあるので、新鮮さは感じない。

消化器内科の特別室と同じ。

クイーンサイズのベッドに横たわっているのは、若い女性だった。カルテには三十二歳とあるが、二十代に見えなくもない。

手触りのよさそうなパジャマに、胸あたりまであるつやつやの長い髪。黒目の大きな美人で、ナチュラルメイクをしてあるようだ。

全然病人に見えないその人は、私を見て「おはようございます」と微笑む。

「おはようございます。お昼の担当の槇です。よろしくお願いします」

「お願いします。初めて見る顔ね」

その言葉で、彼女……安藤さんが何回もこの病棟に入院していたことがわかる。

「最近消化器内科から異動してきました」

「ああ、どうりで」

安藤さんは検温や血圧測定に快く応じてくれた。

「槇さんは今何歳？」

採血をするために腕をまくり、安藤さんは答える。

「二十五です」

「千葉くんと一緒だ。彼が新人のときから、何度か受け持ってもらったの。同い年ってことは同期？」

「はい。実は専門学校も同じだったんです」

「そうなんだ。びっくり」

細い腕に駆血帯《くけつたい》を巻き、ささっと採血する。

「上手ね」

「ありがとうございます」

安藤さんは終始にこやかで、特にてこずることもなく採血を終えた。

「槇さんは彼氏いる？」

院内クリーニングに出す安藤さんの衣類をネットに入れていると、彼女は座ったまま私に問う。

「いないですよ」

「あら。かわいいから絶対にいると思った。千葉くんとか」

「いやいや。千葉はただの同期です」

千葉くんはいいやつだけど、今まで恋愛対象になったことがない。

じゃあ、彼氏にするならどんな人がいい？

ふと脳裏に笠原先生の顔が浮かんだ。

「好きな人は？」

先生の顔が浮かんだタイミングでそんなことを聞かれたものだから、私は手を滑らせ、血液の入った採血管を床に落としてしまった。

「あわわわ」

床が絨毯でよかった。採血管は無傷だった。

七海、冷静になれ。動揺しすぎ。

これじゃ笠原先生のことを好きだと認めているようなものだ。

先生には婚約者がいるというのに。

「ふふ。実るといいわね」

「あはは……。では失礼します」

特にそれ以上やることもないので、挨拶して退室した。

うーん、どうみても健康体だったけどな。

カルテを見返すと、安藤さんは三年前に交通事故に遭っていた。

そのときも皮膚の裂傷などはあったが、大きな骨折もなく、脳波の検査も異常なし。

すぐに退院となったが、それから数カ月おきに事故後の検査入院をしている。

「不思議だなあ」

主治医の笠原先生は忙しいので、無駄を嫌う。決して入院の必要のない人を入院させて金儲けしようとか、そういうことを考えるタイプではない。

じゃあ、いったいなんのために彼女は入院しているのか。

実は他に隠された病気があるとか？

廊下でワゴンにのったパソコンを見ていると、ラウンド中の先輩看護師ふたりが近寄ってきた。

「ねえ、槇さん特別室に行った？」

「あの人、名物患者なのよ」

先輩たちは、私を取り囲むようにしてひそひそと話す。

「名物って？　普通の人でしたよ」

だいたい名物患者になってしまう人は、ひとくせもふたくせもある、アクの強い人だ。

入院の目的が不明だけど、それ以外は普通だったように思う。

「あの人、どこも悪そうじゃないでしょ？」

「え、ええ」

「事故から三年も経っているのに、傷が痛いだとか頭が痛いだとか言って、やたら入院してくるの」

「えっ、自分で希望して？」

先輩たちは明らかに、安藤さんに好意を持ってはいないようだ。それどころか、厄介者を見る目つきで特別室の扉を一瞥する。

「それは変わってますね……」

病院はなにかと制約が多い。自由に出かけられないし、娯楽も少ない。

なのにどうして、自分で望んで入院してくるのか。

「なんでかっていうと、あの人、かまってちゃんだからなのよ」

「彼氏にかまってほしくて、やたら体調悪いアピールするの」

私の中の安藤さんのイメージがどんどん悪くなっていく。

「その彼氏がね」

「まさかの、笠原先生なの」

「へ」

一瞬、理解が追いつかなかった。

安藤さんの彼氏さんが、笠原先生……。

ふたりの顔を交互に思い浮かべるけど、なかなか結びつかない。

そっか、そうだよね。

笠原先生って忙しいし看護師には冷たいけど、基本イケメンだし、なんたって大病院の御曹司だものね。女性のほうが放っておかないか。

彼女がいて当たり前。

婚約者がいるという話を千葉くんに聞いていたけど、あれは安藤さんのことだったのか。

気づけばすごくショックを受けている自分がいた。

今まで実感が湧いていなかったけど、実物を見たら急に現実感が迫る。

「槇さんなにも言われなかった？」

「どんな感じだった？」

「どんなと言われましても……」

特に変わったところはなかった。

きれいな人で、笠原先生と並んだらさぞかしお似合いだろう。

そう答えようとしたとき。

「廊下で患者の噂話をするのはよくないな」

低い声が雷鳴のように響いて、私たちは震えた。

ゆっくり振り返ると、なんと笠原先生が不機嫌そうな顔で立っていた。

「し、仕事に戻らなくちゃ～！」

先輩看護師たちはなにも話していませんという態度で、ぴゅーっとその場から逃げていった。

残された私はひとりで震える。

どうしよう。絶対聞かれてた。

誰だって、自分の彼女の悪口を言われたら心穏やかではいられない。

いつ怒号が飛んでくるかとびくびくしてうつむいていると、笠原先生が深いため息をつくのが聞こえてきた。

「槇」

「は、はい」

「今日、仕事のあと時間はあるか」

うつむいていた私は、思わず顔を上げた。

さっきよりも先生の不機嫌そうな雰囲気が和らいでいる。

でも、時間があるかどうか聞かれたってことは、仕事のあとにお説教タイムってことかな。

「そう怯えるな。説教しようっていうんじゃない。ちょっと話したいことがあって」

笠原先生はポケットから小さなメモ帳を取り出し、さらさらとなにかを書きつける。

「これ。よろしく」

「えっ、あ……」

一ページ破られたメモ帳を渡された私は、周りを気にしながらそれを見る。

そこには待ち合わせ場所と時間が書いてあった。


仕事を終え、着替えた私は待ち合わせ場所に向かう。

こんなことになるとは予想もしていなかったので、いつもの服で出勤してしまった。

もちろん今から服を買いに行く時間も財布の余裕もない。

「うああ〜私のバカ〜」

Tシャツにダボっとしたデニムの自分を更衣室の鏡で見たときは後悔でいっぱいだった。過去にループできるなら、もう少しマシな服を着てくるのに。

「こんな服で行けるところなのかな」

メモに書かれていた場所を検索すると、病院から歩いていけるレストランがヒットした。

写真とクチコミを見ると、こぢんまりとしていて一見さんは入りにくい見た目と造りになっている。病院帰りの看護師が気軽に寄れる場所ではなさそう。

ちょっと気合を入れて訪れるようなレストランに、デニムで向かう私……。

こんなことなら普段からきれいな格好をしておけばよかった。後悔先にたたず。

だって、いつも家と病院を行き来するだけで一日が終わるんだもん。楽な服でじゅうぶんじゃない。

なんて言い訳をして、学生時代とほぼ同じような格好をしてきた自分を呪う。

行くのをやめてしまおうかとも思ったけど、一方的に渡されたメモの空白に、〝お前に拒否権はない〟と書かれているような気がした。

店に近づくと、表札と間違えそうな小さな看板の横に笠原先生が立っていた。

今日は外来当番だったからか、カジュアルなシャツにスラックスという至ってシンプルな服装だけど、なぜか絵になる。

「来たか」

「お、お疲れ様です」

笠原先生は私を見ても服装については特になにも言わないし、顔をしかめるでもない。

「す、すみません。こんな格好で」

量販店のTシャツにデニムでリュックなんて。今どき大学生のほうがちゃんとした服を着ているかもしれない。

TPOをわきまえないやつに恥をかかされたとか思われたらどうしよう……。

そんな私の心配は杞憂に終わった。

「ん？　格好？」

なにを言っているのかわからないというような顔をする彼。

「もう少しきれいな格好をするべきだったんですけど」

説明すればするほど、余計に恥ずかしくなってくる。

「ああ、そんなにかしこまった店じゃないから大丈夫。俺が急に誘ったんだし」

笠原先生はくすりと笑った。

「そうか、槙も人並みにそういうこと気にするのか。かわいいところあるじゃないか」

「はっ？」

「それに、そういう元気がありそうな服装は嫌いじゃない。槙によく似合ってる」

滅多に見せない笑顔でそんなことを言われて、私の心はふわりと浮つく。

〝かわいい〟や〝似合ってる〟なんて言葉を先生から言われるなんて。

予想外すぎて、心拍数が上がってしまう。

「入ろう。ごちそうする」

先生は店のドアを開けてくれる。

古民家を改装したというレストランの中は、思っていたよりも天井が高く広々としている。

重厚感のある店内にいる客は、きちっとした服装の紳士淑女ばかりだった。

たしかにかしこまった店ではないかもしれないけど、セレブが集まるところには違いないじゃない。

先生の褒め言葉なんて信じるんじゃなかった。今度からはもう少し服装に気をつけよう。

彼の姿を見るなり、店員さんが私たちを奥の席に案内した。どうやら先生は何度か来たことがあるらしい。

「好きなものを頼むといい」

彼は落ち着いた様子で私に語りかける。

「写真、ないんですね」

メニュー表に写真がない。ファミレスや大衆居酒屋なら大抵載っているのに。

一生懸命文字を目で追う私を急かすことなく、先生は静かに窓の外を見ている。

店に入ったときは落ち着いた大人な雰囲気の空間に惑わされたけど、メニューは奇抜でもなんでもない洋食の名前が並んでいた。

「俺は牛ロースステーキにするけど」

先生が選んだものは、メニューの中で一番高価なものだった。

「私、カニクリームコロッケで」

「遠慮するなよ」

カニクリームコロッケは、二番目に安いメニュー。といっても、私からしたらセレブな価格設定。

遠慮したわけじゃなくて、なんとなくほわっとした優しい感じのものが食べたい気分だったのだ。

「いえ、それが食べたいんです」

「そうか。じゃあそうしよう」

選んだものとは別に彼がおすすめの前菜やパン、スープにサラダに飲み物まで注文してくれる。

蝶ネクタイをした店員さんがいなくなり、私はやっと一息ついた。運ばれてきた水を飲みつつ、笠原先生の顔をちらっと見る。

まさか、ふたりきりで食事をすることになるなんて、思ってもみなかった。

ドクターの世界ではお気に入りの看護師を連れて食事をするのは珍しいことではないみたいだけど、私は今まで誰にも連れていってもらったことはない。

こんなところを病棟の誰かに見られたらと思うと、ハラハラする。

「ところで、昼間のことなんだが。特別室の患者について、先輩看護師たちになにを聞いた？」

どきりと心臓が跳ねる。

「……先生の恋人だって、それだけ聞きました」

「やっぱりな」

本当はもっといろいろ言われていたけど、正直に話したところでお互いにいいことなどひとつもなさそうなので、言葉を濁した。

「嘘だよ」

「え？」

「それ。特別室の患者が俺の恋人だとか、婚約者だとか。それは真っ赤な嘘だ」

笠原先生は真剣な顔でキッパリと言った。

一瞬返事に迷った私と先生の間に割り込むように、料理が運ばれてくる。

サラダ、スープの次にメイン料理のカニクリームコロッケ。

食欲をそそるキツネ色に揚がったそれから湯気が立ち上る。

「温かいうちに食べよう」

「は、はい。いただきまーす」

そっか、あの人笠原先生の彼女じゃないんだ。

急に心が軽くなり、ナイフとフォークを手にする。

カニクリームコロッケは外はサクサク、中はとろりとして、なんとも言えないおいしさ。かかっているソースも家で使うウスターソースとは全然違う。

大変な話の最中だというのに、自然と笑顔が漏れてしまった。

「うまそうに食べるな」

真剣だった先生の表情が和らぐ。

「食べながらでいいから聞いてくれ。質問はいつでも受けつける」

そう前置きし、笠原先生はステーキを切り分けながら話を切り出した。

「前に図書室で迷惑な人につきまとわれてるって話したよな」

「はい」

「その人こそ特別室の患者——安藤菜美恵だ。彼女は俺の兄の婚約者だった。三年前までは」

「うぷっ」

飲み込もうとした水が変なところに入って、むせてしまった。

先生のお兄さんの婚約者。

お兄さんがいることも知らなかったけど、どうしてその婚約者さんが笠原先生につきまとっているの？

「婚約者っていっても本人同士が望んだわけじゃなくて、いわゆる政略結婚をさせられそうになっていたんだ」

「せいりゃくけっこん……」

普段聞いたことがないような言葉が飛び出してきた。

それって明治とか大正時代までの話じゃないの？　この現代にもまだそういうのがあるの？

私に縁がないだけで、医者の世界では普通なんだろうか。

「そう。彼女の両親が俺の兄と菜美恵の結婚を強く望んだ。うちの親も初めはいい話だと思っていたんだが、話を進めようとしたところで兄が拒否した」

「ちなみに、彼女のご両親もお医者様なんですか？」

「医療機器メーカーの経営者だよ。メーカーといっても採血管のようなこまごましたものじゃなくて、内視鏡《ないしきょう》とかサイバーナイフとかＭＲＩの装置とか、そういうものを扱っている」

う。

「は〜。それはそれは……」

MRIやサイバーナイフを作るなんて、すごい。他にもいろいろ手広くやっていそ

あの大病院の御曹司と娘が結婚したら、実家の医療機器を大量継続購入してくれる

だろうもんね。

規模の大きすぎる結婚に驚きつつ、どこかで安心もしている。

安藤さんは先生の恋人ではなかった。

「本当に、商魂逞《しょうこんたくま》しいというか……。まあそういうわけで、兄と菜美恵がムリヤリ

結婚させられそうになったわけだけど」

「はあ」

ムリヤリ結婚させられるって聞くと、だいたい女の人が被害者だと思いがちだけど、

笠原家の場合はお兄さんが犠牲者になりそうだったのね。

「でも兄は菜美恵に惹かれはしなかった。菜美恵に出会う前から恋人がいたんだ。両

親にその話をするのが遅くて、慌てて婚約破棄を申し込むも、あっちは決して了承し

なかった」

「ええっ、大変じゃないですか」

笠原先生のご両親は、お兄さんの気持ちを大切にしようとしたんだ。お兄さんもご両親のことを考えたらなかなか言い出せなかったのかな。

「どこまで話したか。そう、兄は菜美恵にはっきりと『付き合っている人がいるから婚約はできない』と断ったんだ。兄はバカ正直だから、誠実に話をすればわかってくれると思ったんだよな」

「でもわかってもらえなかった……」

「ああ。菜美恵はちょっと普通じゃなかった。今思えば、うちの兄と結婚させようとするご両親のプレッシャーがすごくて、強迫観念に駆られていたのかな」

笠原先生の話は、まるでドラマみたいだ。

平凡な自分の周りでは起こりえないその話を、私はハラハラして聞いていた。

「断られた菜美恵はどうしたと思う?」

「想像もつかないです……」

そのあと何度も話をしたらわかってくれたというわけではなさそう。

「彼女は兄の恋人に嫌がらせや脅迫を始めた」

「別れるように強要したってことですか?」

「そう。『別れないとどうなるか知らないぞ』と」

安藤さんが本気でお兄さんのことを好きで、分別を失ってしまったのだとしても、それはひどい。

というか、普通は身を引くでしょ。しかもお兄さんじゃなくて恋人のほうから攻めていくなんて。卑怯というか、なんというか。

「最初にそういう人間だって、見抜けていれば……」

笠原先生はため息をついた。

彼曰く、ある日安藤さんがやっていることに気づいたお兄さんが、恋人に接触した彼女を現行犯でつかまえて抗議しようとした。

でも、そこで安藤さんは予想外の行動に出た。なんとお兄さんから逃げようとして歩道から車道に躍り出たのだ。

横断歩道もなにもない場所で、映画のように車の間を縫って道の向こう側に移動しようとしたらしい。

現実はそんなことをしたら命が危ない。

安藤さんは走行していた車にはねられ、入院となった。

車の運転手が安藤さんに気づいて急ブレーキを踏んだから、骨折で済んだらしい。

運転手が気づかなければ、脳に損傷を負ったり、下手したら死んでいたかもしれない。

　どうしてそんなことするんだろう。素直にその場で謝ればお兄さんだって許してくれただろうに。

　混乱して、逃げることしか頭に浮かばなかったのかな。

「骨折で済んだのが奇跡だった。これで自分のしたことを反省し、話し合いに応じてくれると思ったんだが」

「話し合い、できなかったんですか？」

　笠原先生はうなずく。

　きっと彼のお兄さんやその彼女さんは、私には想像もつかないほど嫌な思いをしたんだろう。

　そういう異常な自己愛の人は、自分が納得するまで他人を攻撃し続けるという。

　そんな生き方しかできない安藤さん。彼女にロックオンされた笠原家。どちらも不幸だ。

「それで、そのあとどうなったんですか？」

「彼女の両親はそれはまあ騒いだよ。あいつ、『振られて悲しかったから車道に飛び出した』と嘘をついたんだ。娘が自殺しようとしたなんて、親にとっては絶対に許せないことだろう。慰謝料をよこせとか、責任とって結婚しろとか。しかし兄は恋人と別れなかった」

「そりゃそうですね」

責任をとって結婚したところで、お兄さんにとってしあわせな未来は見えてこない。精神的に不安定な人と一生暮らすのは誰だってしんどいだろう。

「結局、兄がこの病院を出ていくことで決着がついた。兄は今、小さなクリニックをやっているよ。安藤の機器なんて必要ないくらいのこぢんまりした病院だ」

「そんな……」

「三年ちょっと前だから、きみが入職する直前のことだな」

なんということ。

安藤さんに粘着されなければ、将来は大病院の院長だったかもしれないのに。クリニックをやってるってことは、お兄さんも医者だってことだもんね。文字通り、人生を狂わされてしまったんだ。

「もしかしてそのせいで……」

「そう、菜美恵のターゲットは、俺に変わったんだ」

「やっぱり」

話の流れで、安藤さんがお兄さん個人ではなく、笠原家との結婚にこだわっているような気がした。

だからターゲットがお兄さんから先生に移ったんだ。

「菜美恵の怪我はたいしたことなくて、すぐに完治した。けれど、ああやって古傷が痛むから検査入院させろと言ってきて、特別室に居座るんだ」

「それは困りますね」

恐ろしすぎる。そこまで執着するなんて。

あくまで〝大病院の御曹司〟と結婚したいからだろうけど、そこまでもめた家と、どうしてまだつながりたいと思うかな。他にも医者はたくさんいるのに。いやそれより安藤さんが本当に好きな人のほうがいいのでは。

「そして、結婚を迫られているんですか」

「そういうこと」

私は咀嚼《そしゃく》しかけのカニクリームコロッケをごくりと飲み込んだ。

「するんですか？　結婚」

もしかしたら先生、笠原家安泰のために結婚しちゃうのでは……。

そんな私の心配を遮るように彼は言った。

「するわけないだろ」

笠原先生は自分が安藤さんと結婚する想像でもしてしまったのか、少し青ざめている。

私は失礼だけど少しホッとしてしまった。

笠原先生にはしあわせになってほしい。

お兄さんを狙い、その彼女に嫌がらせをし、さんざん迷惑をかけておいて、あっさり先生に乗り換えるような女性と結婚したら、苦労しそうだもの。

ううん、ちょっと違うかも。私、先生が誰かと結婚すること自体を嫌がっている……？

「本人にも言ってるんだよ。交際も結婚もあり得ないって」

先生は本当に悩んでいるようで、眉間に深いシワを寄せている。

「普通はグッサリくるだろ。でもあいつは『またまた〜』みたいな感じで、自分に都合の悪い話はすべてスルーするんだ。恐ろしいことに」

本当に恐ろしい。普通の話が通じない相手ってどうしたらいいの。

「そこで、きみに頼みがある」

「はいっ？」

突然の話題転換についていけず、間抜けな返事をしてしまった。

まさか、安藤さんを暗殺してほしいとかじゃないよね？

フォークに刺さっていたレタスがぽたりと器の中に落ちる。

「俺と結婚してほしい」

真っ直ぐに私の目を見つめ、笠原先生は言った。

その意味を考えること数秒。

「なななんな、なんですって？」

結婚って、どうしていきなり。

動揺してフォークを落としてしまう。

店員さんが代わりのものを持ってきてくれても、ろくにお礼も言えなかった。

「俺も既婚者になれば、さすがの菜美恵もあきらめるだろう」

「結婚したフリをするってことですか？」

「フリではすぐにバレる。探偵でも雇われて調査されたら終わりだ」

ときめきとは別のもので、心拍数が上がる。

「じゃあ、本当に籍を入れるってことですか」

「そうしてもらいたい。もちろん、ただでしてもらおうとは思わない。きみのメリットも考えてある」

笠原先生は信じられないような話をしながらも着々と料理を食べ進めていて、食後のデザートと飲み物を持ってくるように店員に頼んだ。

「俺と結婚してくれるなら、謝礼はたっぷり払う」

「たっぷりって」

目の前が暗くなっていくような気がした。

こんな申し込みができるってことは、私は先生にとって恋愛対象じゃないんだな。

だって、本当に好きな人には『お金を払うから結婚してくれ』なんて言わない。

これまで彼の言葉にドキドキしてきた胸が、今はひどく痛む。

私、先生のことを好きなんだ。

自覚なんてしたくないのに、胸の痛みはごまかせない。

この話に乗っても、きっとどんどんつらくなっていくだけだ。

お断りしようと口を開きかけたとき、笠原先生は早口で言った。

「きみの弟さんが希望の大学に入学して卒業するまでの費用を俺が肩代わりする。塾へ行くならその授業料も。それに、結婚生活に関わるすべての費用も俺が持つ」

「え」

弟の進学費用。

それを言われると、心がぐらんぐらん揺れる。

正直そこが、我が家の一番の心配材料だったりするのだ。

笠原先生は、私が実家を支え、弟を進学させるために看護師の道を選んだという話をしっかり覚えていたらしい。

「安心してくれ。一生きみを束縛する気はない。菜美恵が俺をあきらめ、ほとぼりが覚めたら離婚していい」

すっと頭が冷えていくのを感じる。

冷静に〝離婚〟という言葉を放つ先生の態度で、すべて理解した。

病棟で一番お金に困っていそうな看護師が私だったから、こうして食事に誘って離婚前提の契約結婚を持ちかけたのだ。

そうでなければ、私が笠原先生に指名される理由などない。

ひどい人だ。私の想いも知らず、そんな残酷な提案をするなんて。でも。

私はごくりと唾を飲み込む。

「それって、ちゃんと書面とか作ってもらえるんでしょうか」

両手を膝に置き、居住まいを正して見つめると、先生はこくりとうなずいた。

「契約書を作ろう。俺のことが信じられないなら、今すぐまとまった額を振り込んでもいい。それを確認してから契約でも、こちらは構わない」

「それなら……」

息を整え、私は頭を下げる。

こうすることで瑞希が自由に進路を選べるのなら、先生への想いは封印して精一杯夫婦を演じよう。ついでに先生の役に立てて、一石二鳥だ。

「その契約、乗らせていただきます」

顔を上げると、笠原先生は満面の笑みを浮かべて——とまではいかないけど、表情が明るくなっていた。

「本当か。恩に着る」

先生は立ち上がり、私に右手を差し出す。

「よろしく頼む」

「こちらこそ」

私は先生の手を取った。

繊細なオペをするその手は、指が長くてしなやかだった。

【近づく心】

もしかして夢なんじゃないかと思っていたけど、どうやらこれは現実らしい。

憧れだった笠原先生にプロポーズ、もとい離婚前提の契約結婚をもちかけられてから二日後にはうちの実家に挨拶し、その次の日には婚姻届を提出しに行くことになった。

正直に契約結婚をするなんて言ったら、お母さんは心配して大反対するだろう。

だから、そこだけは黙っておくことにした。

「まさか七海に彼氏がいたなんて」

お母さんは朝から大慌てで家を掃除し、おもてなし用のお菓子を買ってきた。

ちなみに瑞希は今日も図書館に行っている。

約束の時間ぴったりに玄関のチャイムが鳴り、私とお母さんは一緒に玄関を開けた。

「はじめまして、笠原です」

現れた笠原先生はスーツ姿で、髪は清潔にまとめられていた。

初めて見るスーツ姿に見惚れてしまう私。ハッと我に返って隣を見ると、お母さんも口を開けてボーっとしていた。この表情を漫画にしたら、目がハート形になっていることだろう。

「は、はじめまして七海の母です。狭いところですがどうぞ」

私たちは先生を招き入れる。先生は笑顔でお母さんに手土産を渡した。

質素なテーブルに人数分のお茶を運んで座ったお母さんが、単刀直入に切り出す。

「ええと、で、あなたたち結婚するのよね」

確認するように言うお母さん。

「笠原先生はお医者様なんですよね。こんなに立派な方がどうしてうちの七海を……本当にいいんですか？」

疑うような視線が痛い。

お母さんそれはね、私がお金に困っていて、契約を呑んでくれそうだったからなのよ。なんて言えない。

「もちろんです。七海さんは素敵な女性です」

いつもクールな彼は作り笑いをせず、真剣なまなざしでお母さんを射抜いた。

「七海とはどこで出会って、どんなところを好きになったんですか？」

「病棟です。患者に誠実に向き合い、心を込めて看護をしている姿に感銘を受けました。それにとてもかわいらしくて……素敵なところばかりです」

これはあらかじめ用意しておいた回答。そうだとわかっていてもドキドキする。

お母さんは短時間ですっかり信じ込んだみたい。

「そうなんですね。私は本人が決めたことなら応援します。またそちらのご両親にも会わせてくださいね」

「はい、必ず。今は海外にいるので、帰国の目途が立ったらすぐにうかがいます」

スラスラと答える笠原先生。

これはあながち嘘ではなく、彼のご両親は海外の学会に顔を出すため、日本を離れている。

「七海をよろしくお願いいたします」

最後にお母さんは深く頭を下げた。

「こちらこそ、よろしくお願いいたします」

先生も頭を下げるから、私も一緒にそうした。

これが本当に好きで結婚するのだったら、どんなにしあわせだっただろう。

短期間で離婚したら、お母さん悲しむだろうな。

感動で涙ぐんでいるお母さんを見ていたら、ひどく胸が痛んだ。

翌日。

「ここが笠原先生の家……」

婚姻届を書くため、そして結婚するからには共同生活をするべきだという先生の言葉に従い、私は少しの荷物を持って笠原先生の家を訪ねた。

そう、先生は結婚もしていないのに、高台にある高級住宅街に二階建ての一軒家を持っているという。

やっぱり私とは住む世界が違うなあと思いながら来てみると、あまりのきれいさに驚いた。

高いコンクリートの塀に囲まれたその家は、真っ白な箱みたいだった。広い庭まである。

このあたりは閑静な住宅街だけれど、十分ほど歩けば、ファッションビルや高級スーパーなど、なんでもそろっている。

ちなみに病院までは車で二十分くらい。地下鉄だと三駅で、どっちにしろ近くて便がいい。

「上がって。今日からここが俺たちの新居だ」

「新居……」

玄関の中も壁紙は一面白で、広々としている。生活感がないながらも、置いてある家具は重厚感があって、私でもひと目で高級品だとわかった。

「どうしてこんなに物がないんですか」

やたらと物が溢れているうちの実家とは大違いだ。

実家はまず、冬になるとこたつになるテーブルの上にお菓子とお母さんの薬とリモコンとティッシュの箱がごちゃっと置いてある。

「帰って寝るだけだからじゃないか？」

「ああ……忙しいですもんね。じゃあ、どうしてこんなに広い家を？　ワンルームでじゅうぶんなんじゃ」

「どうせ高い家賃を払うなら、賃貸じゃなくて持ち家にしろって両親がうるさくてね」

「へえ」

たしかに、賃貸物件は高い家賃を払い続けても自分のものにはならないもんね。

その考え自体はわかるんだけど、〝じゃあ一戸建て建てちゃおう〟とはなかなかならない。

私がしがない看護師だからかもしれないけど。

私にとっては、一戸建てなんて夢のまた夢。今のアパートが精一杯だけど、一生家賃が払えるかと問われると暗澹《あんたん》たる気持ちになる。

「静かでいいところだよ。もちろん、きみが嫌ならここを売って他に新居を建ててもいいけど」

「いえいえいえ、すごく素敵です」

冗談だとは思うけど、うっかり一戸建てをもうひとつ建てられたらいけない。すぐに離婚するかもしれない相手に、よくそういうこと言えるなあ。

「じゃあ、さっそくだけど」

「あ、はい」

私は荷物——古いボストンバッグに詰めた必要最低限のもの——を置き、背負っていたリュックから一枚の紙を出す。

はいと渡すと、彼はなにもないテーブルの上にその紙を広げた。それは市役所でもらえる、至ってシンプルな婚姻届だった。

保証人の欄は昨日お母さんに書いてもらった。

「先生、本当に私でいいんですか?」

職場結婚してすぐに離婚したとあれば、私の顔を知っている人たちはいろいろな憶測をすることだろう。

やっぱり契約結婚なんかじゃなく、家柄の釣り合う相手と普通に結婚したほうがいいんじゃないかな。

「どうした、いきなりお母さんと同じこと言い出して」

「だって……私と先生じゃ住む世界が違いすぎる気がして」

私はすすめられた椅子に座る。

笠原先生は正面に座り、こう続けた。

「俺は槇のこと、家族思いのいい子だって思ってる。あと正直で、裏表がない」

先生の長い指が、婚姻届の空欄をなぞる。あとは私たちふたりの名前を書くだけだ。

「私、そんなにいい子じゃないかもしれませんよ」

最近知り合ったばかりと言っても過言じゃない私のことを、どうしてそんなふうにとらえてくれるのか、疑問でしかない。

先生は私と結婚することに不安はないのだろうか。

「俺だって、実は猟奇的殺人鬼かもしれないし、幼女趣味の変態かもしれない」

「そんなことない……ですよね？」

「まあそれはないけど、きみだってあとあと俺の欠点に気づくかもしれないってこと。普通に付き合って結婚する人たちだって、結婚しなければわからないことなんて腐るほどあるんだから。お互い様だ」

笠原先生の目は、仕事中とは違い、優しく細められていた。

「はい……」

初めてオペ室で看護師を交代させているのを見たときは、すごく冷たい人だと思った。

でもこうして話していると、やっぱり優しいほうが本当の笠原先生じゃないかと感じる。

単に仕事に対して真剣だからスタッフに厳しくなる。

患者に思いやりを使い果たすから、その他のことには塩対応になる。そういうことなんじゃないかな。

「よし、じゃあまずは俺が」

笠原先生はペンを持ち、キャップを取った。

さらさらとペンを走らせる音。それを奏でる長い指。

普段はこの手でメスを持ち、繊細なオペをこなしている優秀な心臓外科医である彼が、どうして平凡な看護師の私の向かい側に座っているのか。

今でもやっぱり夢なんじゃないかと思っている。

「さあ、きみの番だ」

ペンを渡された私は、彼の手からテーブルの上の紙に視線を移す。

『夫になる人』の欄が角ばった字で埋まっている。そう、彼が今、その手で書いたのだ。

「はい」

「間違えるなよ」

「わかってます」

と返事をしたはいいものの、ペンを持つ手がどうしても緊張で震える。

本当にこれを書いていいのだろうか。

自分の中でもうひとりの自分が問いかける。

「えっと……」

もたもたしていたら、彼がおもむろに席を立った。

そして、私の後ろに回り込み、ぽんと肩を叩く。

「そう緊張しなくてもいい。これは契約結婚だ。本当の結婚じゃない」

「ひゃっ」

わざわざ顔を寄せて言うから、彼の息が私の耳朶にかかってくすぐったい。

耳を押さえると、微かに彼のくすりと笑う声が聞こえた。
先生って、こんなことする人だったっけ？
おさまれ鼓動。先生は私のことを好きじゃないからこんなことを軽くできるんだ。
本気になっちゃダメ。
「わ、わかりましたからちょっと離れてください」
私はぎゅっとペンを握り直す。
そうだ、これは離婚前提。お互いのメリットのための契約。
気を取り直して、『妻になる人』の欄に自分の名前と住所を書いた。
力が入りすぎたせいか、いつもの字よりもへたくそになった気がする。
「書けました」
これを提出すれば、私と彼は夫婦になる。
「ありがとう。よろしく、俺のかわいい奥さん」
彼の大きな手が私の頭を撫でる。
さっき彼が言っていた通り、この結婚は契約結婚だ。
好きな人と付き合って結婚するわけじゃない。
だけど私の胸は、これ以上ないくらいに高鳴っていた。

同居を始めてすぐわかったのは、笠原先生が本当にものすごく忙しいということだ。ドクターにも当直当番があり、勤務体系は不規則だ。さらに、外来が長引いて入院患者のところを回るのが遅くなったとか、救急搬送された患者の処置を頼まれたとか、そんなこともあって帰りが遅くなる日もしばしば。

そして今日ももう夜の九時。

そろそろお風呂を沸かして入ろうかと立ち上がった瞬間、玄関のドアが開く音がした。

「ただいま」

「おかえりなさい」

先生は疲れた顔でシャツのボタンを緩める。手には重そうなパソコンバッグ。

「ご飯はまだですか?」

「もちろん」

「すぐ温めますね」

今日は外来当番で、もっと早くに帰ってこられるはずだったけど、急患が入ったりしたのだろう。ドクターは大変だ。

着替えて夕食を食べた先生は、ダイニングテーブルの上にノートパソコンを置く。

「ここで仕事してもいいかな」

「ええ、どうぞ」

なんと、持ち帰りの仕事まであるらしい。

コーヒーを淹《い》れて持っていくと、「ありがとう」とお礼を言われた。

先生はじっとディスプレイを見ていたかと思うと、ポチポチとキーボードを打ち、少し止まり、また少し打って……を繰り返していた。

邪魔にならないようにテレビを消し、研修の資料を見ていた私は、どうにも先生が気になってしまう。

「あの、なにかお手伝いできることありますか？」

声をかけると、先生はちらっとこちらを見て「大丈夫」とだけ答えた。

図書室で会った日のことを思い出す。しかし今日は、なかなか集中できていないみたい。

仕方なく先にお風呂に入って戻ると、先生はテーブルの上に両肘をつき、頭を抱えていた。

「先生？」

頭痛がするのかな。

心配になって近づくけど反応がない。どうやら、寝てしまっているみたい。すうすうと寝息が聞こえてくる。

寝落ちしちゃうなんて、よほど疲れてるんだ。パソコンは消えているから、この短時間で仕事は終えたのだろう。さすが。

起こすのも気の毒になり、私はいそいそと別室から持ってきた毛布を彼の肩にそおっとかけた。

「ん……」

毛布の感触に気づいたのか、先生は目を覚ました。

「あ、すみま……」

謝ろうとしてハッとした。先生の顔が赤い。

「失礼します！」

私は強引に彼の頬を両手で包んだ。手のひらで感じる温度は明らかに平熱より高い。

「先生、今日はもう寝ましょう。熱があるみたいです」

目を合わせると、先生の顔がますます赤くなる。

「いや、大丈夫だから。きみは先に寝てて」

先生は私の手を取って離させようとする。

「ダメです！」

私は至近距離で先生を叱った。

「離してくれ。まだ仕事が残っているんだ」

先生は私を赤い顔でじっと見つめる。

私は負けずに見つめ返す。

「それを今夜仕上げないと、患者の命に影響が出るんですか？」

「そんなことはないけど」

「じゃあ、寝ましょう。先生が体調を崩したまま出勤したら、それこそ患者の命にかかわります」

きっと彼は、しんどくても休まない。

責任感があるのはいいけれど、あんまりムリをしたら倒れちゃうよ。

先生は数度瞬きをして、観念したようにうなずく。

「たしかに自分が患者だったら、体調不良の医者にオペしてほしくない」

「そうでしょう」

「きみの言う通りだ。ありがとう」

彼は至近距離でにこりと微笑む。

それは見惚れてしまうくらい、美しい笑顔だった。

「あっ」

気づけば、私ったらなんてことを。自分から先生にこんなに顔を寄せてしまうなんて。

「す、すみません。おやすみなさい！」

急に恥ずかしくなり、私は手を離して立ち上がり、部屋を出ていこうとした。

ドアを閉める直前、先生の喉からふっと笑い声が漏れたような気がした。

翌日、起きてきた先生は開口一番こう言った。

「いいにおいがする」

先生と私は別室で寝ている。そこには先生が用意してくれたふかふかのベッドがあり、私はお姫様のような気持ちで過ごしている。

和室に三枚ふとんを敷いて、親子で川の字になって寝ている実家とは大違いだ。

昨夜は恥ずかしさに悶《もだ》えたけど、いつの間にやら眠ってしまったらしい。

そういうわけで、今日も気分よく目覚められたので朝食を作った。

とはいっても、白米とお味噌汁《みそ》だけだけど。

私もこれから出勤なので、朝から手の込んだものを作る余裕はない。休日だったら、もう少し頑張れるんだけどな。

「熱はどうですか」

「下がってたよ。今朝は平熱」

「よかった。あんまりムリしないでくださいね」

口うるさいお母さんみたいだったかな。

言ったあとで後悔したけど、先生は特に気分を害したような様子はなかった。

「もしよかったら、お味噌汁どうですか」

寝起きの先生はけだるげな雰囲気で、いつものキリリとした冷たい印象の彼とは違い、セクシーさが漂う。

ダメダメ、じっと見たりしたらドキドキしているのがバレちゃいそう。

「ありがたくいただくよ」

彼は寝ぼけ眼《まなこ》でキッチンに入ってくると、ふたり分の茶碗にそれぞれ炊きたてご飯を盛る。

私は味噌汁をよそい、テーブルに運んだ。

「いただきます」

向かい合って座り、一緒に挨拶をした。

油揚げとワカメとネギだけの庶民的な味噌汁を、先生はそっと口に運ぶ。

「味の保証はしませんよ」

と言いつつ、やっぱり反応は気になる。

笠原家のお味噌汁は伊勢海老とか入っていそう。あの、頭がどーんってお椀から出ているやつ。

先生は音を立てずに味噌汁をすすり、お米を口に入れた。

「おいしい」

ぼそっとそれだけ言うと、彼は微笑んでこっちを向いた。

「おいしいよ、槙」

眩《まぶ》しすぎる笑顔に、網膜が焼かれそうになる。

「それはよかったです……」

気に入ってもらえてホッとした。

ちょっとお高いレストランで食事をしていた彼だもの、庶民の味が口に合わないいんじゃないかなんて、私の被害妄想だった。

先生は私がなにを作ってもだいたいおいしいと言ってくれる。

私がまだ二割も食べないうちに、先生はあっという間に完食して立ち上がった。

「ごちそう様」

「もう出かけるんですか？」

早食いは早死にのもと。もっとゆっくり食べたほうが体にいいのに。

医者の不養生ってこういうこと？

「早く行って片づけたいことがあるから」

先生はささっと自分の食器を洗い、スタスタとリビングを出ていく。

やっぱり忙しいのね……。

普段の仕事が大変だと、自炊する時間も食べる時間も片付ける時間も惜しいよね。

のんびり食べ終えた私が食器を持って立ち上がると、すでに出かける準備万端の先生が現れた。

「じゃあ、先に行くから」

彼が気持ちよく出発できるよう、私はにっこりと笑って見送る。

「はい、行ってらっしゃい」

私はもう少しあとに出よう。駅が近いからまだ余裕だ。

なんて考えていたら、先生が目の前に迫ってきた。

な、なんだろう？

食器を持ったまま下がろうとしたが、背後にはテーブル。

退路を失った私を追い詰め、先生が不意に私の前髪をよけた。

反射的に目を閉じると、額になにかが触れた。

なに、今の。

目を開けると、先生ののどぼとけが離れていく。

彼は顔をまともに見せず、頭をくしゃくしゃと撫でて行ってしまった。

残された私は、その場に立ち尽くす。

「え、ええ？」

おでこにキスされた……。

心臓が壊れたのではと思うくらい鼓動が速くなっている。

食器を落としそうになり、慌てて持ち直した。

いくら夫婦のフリをするって言っても、誰も見てないところでおでこにキスする必要ある？

彼はいったいどういうつもりなんだろう。

さっぱりわからないのに、胸の高鳴りがおさまらない。

混乱した私は、あっという間に思考停止した。

「仕事に行こう、うん」

考えてもわからないことはいったん忘れて、仕事に行こう。

私はロボットのようにきびきびと、出かける準備をした。

＊＊

槇七海との結婚から二週間と少し経ち、俺は菜美恵の病室を訪ねた。

一応主治医なので、毎日軽く顔は出すが、診察をしたらすぐに出ていくようにしていた。

だが今日は、こちらから話がある。

特別室に入ると、菜美恵はパジャマにカーディガンを羽織った姿でソファに座っていた。

「圭吾」

菜美恵は俺に気づくと顔をほころばせ、立ち上がった。

「やっと来てくれた。待ってたのよ」

「忙しくてなかなかすべての患者とゆっくり話している暇がないんだよ」

きみのことは患者としてしか見ていない。

そう伝えたつもりだったが、菜美恵は聞こえないような素振りでいそいそと電気ケトルで湯を沸かしはじめる。

「ケトルは持ち込み禁止のはずだが」

地震などで倒れると危ないことと食中毒の危険があるので、病棟にはケトルも保温ポットも持ち込み禁止のルールがある。

「そうなの？　看護師は誰もなにも言わないけど？」

看護師は奈美恵が俺の恋人だと思っているから、注意できないのだろう。

菜美恵はカップにインスタントコーヒーの粉を入れ、沸いた湯を注ぐ。

「圭吾はブラック派だったよね」

「いや、それを飲んでいるほどの暇はない。今日は大事な話があって来た」

「話？」

期待を込めたような瞳で見られ、ため息が出そうになる。

どうしてこの女は、すべてを自分の都合のいいようにしか考えられないのか。

両親の期待に応えようと必死なところや、事故で怪我をしたことは気の毒だと思っているが、それ以上の感情はない。

兄は今、当時の恋人と結婚できて、しあわせに暮らしている。

だが、菜美恵が事故に遭った当時のごたごたを俺は忘れていない。

うちの家族をひっかきまわした彼女を、好きになるはずもないのに、なぜそれがわからないのか。

「もう何度も言っているが」

前置きだけで、菜美恵の眉が下がる。

同情を誘うような顔だが、俺は騙《だま》されない。

「きみと結婚することはできない」

「どうして？」

聞き飽きている台詞だろうに、奈美恵は初めて聞かされたような顔をしている。

「他に好きな人がいる。その人と結婚することになった」

聞こえないフリをされないよう、はっきりと言った。

すると、さすがの菜美恵も顔が青くなった。

結婚とはもちろん、槙との契約結婚のことだ。

「ちょっと待ってよ。相手はどこの人よ」

「きみに話す必要はない」

兄がされたことを知っている俺が、相手のことを話すわけがない。

無下に断ると、菜美恵は明らかにイラつきはじめた。

「教えてくれたっていいでしょ。私を捨てるって言うんだから」

「捨てるもなにも、最初からなんの関係もないだろ」

「あなたと結婚できなかったら、私が実家でどんな扱いを受けるか、考えたことがあるの⁉ 圭吾には人の心がないの⁉」

どんどんヒートアップしていく様子は、客観的に見ても異常だった。

外科ではなく、今すぐ精神科の診察を受けてほしいくらいだが、受診をすすめると今よりもっとひどく取り乱しそうなので我慢する。

好きでもない相手に職場までつきまとわれる俺のストレスは、一生わかってもらえなさそうだ。

「俺からきみのご両親に話すよ」

「話さなくていい！」

「そうだ、検査の結果、今回もなにも異常なしだったから。そろそろ退院を……」

「知らない！　出てって！　出てけっ！」

キイキイ叫び、ベッドの上にあった枕を投げつけてくる。

俺はそれをキャッチし、床に放った。

「ひとつだけ言っておく。俺の大切な人に手を出したら絶対に許さない」

目に力を込め、菜美恵をにらみつける。

脅迫めいたことはしたくはないが、槇を守るためには仕方ない。

にらみあっていると、不意に病室のドアがノックされた。

「どうかしましたか？」

廊下まで声が聞こえたのか、看護師長が顔を出す。

「興奮されているようです。薬を処方しますので、内服するように担当看護師に伝えてください」

「あ、はい……安藤さん、大丈夫ですか」

師長が近づくと、外面のいい菜美恵はべそべそと泣いてソファに座り込む。

なだめられる彼女に背を向け、俺は病室から出た。

こんなに冷たい男とは結婚できない、とそう思ってくれるといいんだが、相手は普通じゃない。

とりあえず、言うべきことは言った。あとは相手の出方次第だ。

ナースステーションのそばを通ると、槇の姿が目に入った。こちらには気づいていない。

槇はつい最近うちの病棟に異動してきた。最初に挨拶をしたときに、彼女があのわんわん泣いていた学生だと気づいた。

そんな姿が嘘だったように、彼女は看護師として頼もしく成長していた。

おそらく、あの日からたくさん勉強をして、泣きながらも努力してきたのだろう。

オペ室で患者を落ち着かせる姿を見て、思いやりの深さに感動した。

忙しい中で、冷たい対応になってしまう看護師も少なくないというのに。

しかも看護師になった理由を聞けば、家族のためだという。

菜美恵も実家のために俺と結婚しようとしているようだが、その人間性は槇とは正反対。

槇は周囲を思いやり、他人のために力を使うことができる。

一方、菜美恵は自分の目的のためには、他人の迷惑を顧みない。

二年以上菜美恵の自己愛に付き合わされて辟易していたところに現れた槇は、その反動かとても好ましく見えた。

そして昨日。仕事をしながらうたた寝をした俺の体調を気遣ってくれる槇の顔が、目覚めたらすぐ近くにあった。

意思の強い、きれいな目に視線を奪われた。

俺のほうが照れる場面なのに、我に返ったあとの恥ずかしさで死にそうになっていたあの顔はなんだ。あんなにかわいらしいものは、この人生で初めて見た。

すでに俺の気持ちは槇七海に奪われていると言っていいだろう。

しかし槇の隣には、いつもひとりの男がいる。同期の千葉だ。

ふたりは付き合っていると誤解をしてしまったほど仲がよさそうに見えた。病棟でも一緒、昼休憩の買い物も、仕事後の食事も一緒。

彼といる槇は、俺といるときと違い緊張を感じさせない。

彼女の屈託のない笑顔を見かけると、必ずそばに千葉がいるのだ。

そのたびに、胸がもやっとするのを感じた。

今同じ光景を見たら、俺はどう思うのだろう。

首を横に振る。オペの前になにを考えているんだ。集中しろ。

俺はムリヤリ頭を切り替えた。

＊＊

数日後。

結局額のキスの真意はつかめないまま、なにも起きずに時が過ぎた。

私と笠原先生は、平和な共同生活を送っている。

実家から届いた私の荷物もほとんど片付き、先生の住居に私のスペースが増えた。

「それはそうと、夫婦なのに〝先生〟〝槇〟はおかしいよな」

朝食後、シャツのボタンを留めながら先生が言った。

ちなみに今日の朝食は、前日に買ってきたパン屋さんのパンだった。

普段スーパーかドラッグストアの安売り菓子パンしか食べていない私にとっては、それでもごちそうだ。朝から贅沢しちゃった。

「普通の夫婦ならそうですね。でも職場では、名前で呼んだりしませんよ」

男性の看護師もいるので職場結婚は少なくないが、実際職場でお互いを名前で呼び合っている夫婦は見たことがない。というか、そもそも同じ部署にいない。

看護師同士なら、違う病棟勤務になるか、奥さんだけ外来や内視鏡室に行くなど、看護局も配慮をする。職種が違えば、勤務中に会うことも少ない。

「いざというときによそよそしいと、せっかくの契約結婚が嘘だと思われる」

「そうかなあ」

「というわけで七海。今日から七海と呼ばせてもらう」

「ええっ」

いきなり名前で呼ばれ、呼吸が止まりそうになった。

同期にさえ名前で呼ばれたことないのに。

「嫌か?」

「嫌ではないですけど……」

名前を呼ばれるだけで、どうしてこんなに照れくさいんだろう。

「じゃあ遠慮なく七海と呼ばせてもらう。俺のことは圭吾でいいから」

「あ、はい……」

しまった、うなずいちゃった。うまく誘導されたような気がする。

笠原圭吾。ミステリー作家みたいな名前。

まさか呼び捨てするわけにはいかないよね。

とすると、圭吾くん? けいちゃん? いや、普通に圭吾さんか。

「けっけ、圭吾さん」

緊張して、変わったニワトリみたいになってしまった。

「照れてるのか？　かわいいな」

赤くなる私を見て、圭吾さんはくすっと笑みを漏らす。

愛おしそうに見つめられている気がするけど、そんなはずはないと自分に言い聞かせた。

朝食を済ませた私たちは、一緒に家を出ることにした。

「おはようございま～す」

病棟に着くと、まずその日の受け持ち患者を確認する。

今日は安藤さんの担当ではなかったので、ホッとした。

同居から二週間くらい経ったとき、圭吾さんから『菜美恵には結婚のことを伝えてある』と聞いた。まだ相手が誰かまでは伝えていないらしい。彼女の反応を見てからと思ったけど、興奮していたのでやめておいたとか。

それでも、結婚して苗字が変わると職場にも申告しておかなくてはならない。

師長に圭吾さんと結婚したことを報告すると、とても驚いていた。

しばらくは旧姓のままで仕事をすること、他のスタッフには言わないことをお願いしておいたけど、看護局や人事課から情報が漏れない保証はない。

今のところ大丈夫なようだけど、他の看護師や安藤さんにバレるのも時間の問題だと思う。

っていうか、私、本当に結婚しちゃったのよね……。

圭吾さんとはお付き合いしていたわけじゃなく、入籍しただけの関係なので、なかなか実感が湧かない。

とにかく受け持ちでなければ、よほどのことがなければ特別室に行く用事はない。

安心して仕事をしていると、昼間にナースコールが鳴った。

「あ」

ナースコールの病室が表示されるディスプレイに〝特別室〟の文字。

周りを見回すけど、あいにく他の看護師は出払っている。

昼休憩はふたつのグループに分かれて交代でとるため、今仕事をしているのは後半グループだけ。その上、私以外の看護師は昼食の食器を下げに行ったり、服薬介助したり、検査室へ患者を連れていったりしている。

この状況では、私が特別室へ行くしかない。

「どうされました？」

用件をうかがうと、暗い声が返ってきた。

『頭が痛くて。痛み止めもらえます？』

安藤さんはまだ若いが、看護師が服薬管理をしている。つまり、病室に薬を置いておくことはせず、必要なときに看護師から渡すようにしているのだ。

以前に大量服薬して胃洗浄する大騒ぎになったからだとカルテに載っていた。

とにかく、たいした症状じゃなくてよかった。ひそかに安堵する。

「かしこまりました。おうかがいします」

私は安藤さんに処方されている痛み止めを持ち、特別室へ向かった。

個人的な事情でナースコールを無視することは、もちろん許されない。

「失礼します。安藤さん、痛み止めお持ちしました」

特別室は、以前とは違う重苦しい雰囲気に包まれていた。

そこには安藤さんともうひとり、背の高い男の人。

白衣を着たその人は、まぎれもない圭吾さんだった。

「あれ、先生」

圭吾さんがいるなら、ナースコールを鳴らさなくてもよかったような。

「悪いな、な……槇」

私は視線で彼に抗議する。

今、七海って呼びそうになったでしょ。

ほら、だからムリして名前呼びなんてするもんじゃない。

圭吾さんは手を顔の前で縦にして〝ごめん〟のジェスチャーをした。

「大丈夫ですよ先生。安藤さん、お待たせしました」

「ありがとう」

ベッドのふちに座り込んだ安藤さんは、じっとこちらを見て言った。

圭吾さんの決別宣言が理由だとは思うが、彼女は憔悴したような顔をしている。

「安藤さん、頭痛おつらいですね。いつから痛みますか？」

「ありがとう。今朝からつらかったんだけど、もう我慢できなくて。すいません、お水取ってもらえます？」

「もちろんです」

私はテーブルの上のミネラルウォーターのペットボトルを安藤さんに手渡す。

そのとき、電気ケトルの横に飲みかけのコーヒーカップが置いてあるのが見えた。

「安藤さん、頭痛のときにコーヒーはあんまりよくないかもしれません」

「え？　ああ、あれね。ごめんなさい、何日も前のものなの。捨ててくださる？」

「はい」

どうして何日も前のコーヒーを放置してあるのか。

本当ならその日の受け持ちが病室の環境整備をしなくてはならないはず。

みんな安藤さんに遠慮して、なにも言わないのかも。

私はカップの中身をシンクに流し、洗って水切り籠に置いた。

「ありがとう。みんな放置するのに、あなた気が利くわね」

お礼を言われたはずなのに、いい気分はしなかった。

自分が腫物《はれもの》扱いされていることに気づいているのか、単に他の看護師は気が利かないと文句を言っているのかわからない。

圭吾さんは洗ったカップを冷え切った目で見ていた。

「いいえ……では私はこれで」

ナースステーションに戻ろうと彼女に背を向けると、「あ、待って」と呼び止められた。

「槙さん。槙さんだったわよね」

「はい」

「ちょっとここにいてくれる？　圭吾がもう行くって言うの。ひとりは心細くて」

「え……」

どう答えようか迷う。

正直、看護師の人数が少ない今の時間帯に、ひとつの病室にこもることはできない。

「菜美恵、ムリを言うな。彼女たちは忙しいんだ」

彼女は圭吾さんに気にしてほしくてそういうことを言っているのかも。

「槙、すまない。俺はオペがあるから行く」

「はい」

彼の顔にも疲労の色が見て取れた。朝に穏やかに微笑んでいた彼とは別人のよう。

おそらく、毎日ここに来ては、数分でも彼女を説得しているのだろう。

彼は私と安藤さんの顔を順番に見て、部屋から出ていった。

「先生、お忙しいみたいですね」

「そうね……」

安藤さんは力なくうなずいた。

「あの、また薬とか体調で気になることがあったら、いつでも呼んでください」

世間話で足止めされるのはつらいけど、看護ならばする義務がある。怪我の程度は軽かったとはいえ、事故に遭ったトラウマとか、ストレスとか、当事者にしかわからないこともあるだろう。

「そう言ってくれるだけで不安が和らぐわ」

力ない微笑みを私に向ける安藤さんに心がチクリと痛んだ。

圭吾さんの結婚相手が私だと知ったら、安藤さんはどうなってしまうだろう。

「さあ、もう戻らないとね」

「あ」

気づけば、胸ポケットのPHSがブーブー震えている。

病棟看護師のPHSが鳴るのは、内線かナースコールがかかっているときだ。

「すみません。失礼します」

私はPHS片手に急いで病室を飛び出た。

「はあ……」

なんだかなあ。患者に嘘をつくのって、気分よくないな。

嘘をつくとは違うか。騙す？ でもないけど……今すぐ『私が笠原圭吾の妻です』ってカミングアウトしたほうがすっきりするかも。

でも、すっきりするのは私だけで、安藤さんじゃない。

圭吾さんから指示があるまで黙っておくしかないよね。

「はい、循外病棟、槇です」

私は電話に出つつナースステーションに戻った。

残業を終えて家に着くと、珍しく圭吾さんのほうが早く帰ってきていて、私を出迎えてくれた。

「ただいまです」

「おかえり」

まだ部屋着ではなく、出勤のときに着ていたシャツとパンツだ。今帰ってきたばかりなのだろう。

「なんだ、それほど遅くなかったな」

今日は残業があるので、先に夕飯を済ませておいてほしいと連絡しておいたのだ。

「思ったより早くあがれました」

当然だけど、今から夕食を用意しなくてはならない。

荷物を適当に置いて冷蔵庫を開けようとした私に、彼が提案した。

「じゃあ、なにか食べに行こう」

「えっ、いいんですか」

「寿司とかどうかな」

「やったー！　お寿司大好きです！」

私は子供のように飛び上がって喜んだ。

今から夕食を作らなくていい上に、お寿司が食べられるとは。

「それはよかった」

圭吾さんはくすくすと笑う。

導かれるまま車に乗って着いた先で、私は固まった。

行書で書かれた木の看板。

カウンターしかないこぢんまりとした店内には、子連れなどいない。

回らない……間違いなくここのお寿司は回らない！

寿司といえば回転寿司だと思っていた私は、いきなりの高級寿司店にうろたえた。

離れた席では、夜職と思われる素人離れしたきれいな女の人と、ムッシュと呼びたくなるようなイケオジが食事を楽しんでいた。

どどどうしよう。回転寿司でおなじみの注文タブレット、ない。値段が書かれたメニュー表すら、ない。

しかも回転寿司だと思っていたから、通勤カジュアル服のまま来てしまった。髪は疲れたおだんご。

最初のレストランのときに、普段からきれいにしてなきゃダメだって後悔したはずなのに、活かせてない。私はおバカだ。

「なにか食べられないものはある？」

圭吾さんはやっぱりなにも気にしていない様子で問いかける。

「特にないです」

アレルギーもないし、特に嫌いなものもない。

でもこんな高級店で未知のお寿司を出されたらどうなることか。

「大将、おすすめのものをいくつかお願いします」

「はい。先生、今日は珍しくかわいいお方と一緒なんですね」

大将は目の前で酢飯を握る。

つるっとしたスキンヘッドだけど、顔は優しそう。明らかに店で浮いている私にも嫌な顔をしないのは、隣に圭吾さんがいるからだろうか。

「うん。俺の大事な人。かわいいでしょう」

圭吾さんの声が聞こえたのか、夜職のお姉さんがこちらを見て目を細めた。その目つきは大将とは違い、ちょっとバカにされたような気がした。

それにしても圭吾さんは演技がうまい。

私のことを本当にかわいいと思っているような表情に、演技だとわかっていても顔が熱くなる。

「どうぞ」

ささっと握って出されたお寿司は、回転寿司のものとは全然違った。

解凍しました感がない。当たり前だけど。

厚く切られたマグロやイカが自然の輝きを放っている。

「いただきます」

圭吾さんはお寿司を箸で口に入れた。

彼を真似して箸を使う。テレビで高級寿司を手で食べる映像を見たことがあったけど、別にどっちでもいいみたい。

まずマグロのお寿司を食べた私は、思わずうなる。

「おっ……いしい……！」

なにこれ。

正直回転寿司でもごちそうで、心からおいしいと思ってきた私でも違いがわかる。

マグロの脂が舌の温度でとろける。

イカはほどよい歯ごたえで、噛むほど甘くなる。

「どう？　おいしいだろ」

「はいっ、とっても」

私は何度もうなずく。

圭吾さんは私の顔をのぞき込んで笑った。

「今まで見た中で一番目が輝いてる」

「キラキラしてますねえ。お嬢さん、たくさん食べていってくださいね」

大将は気をよくしたのか、美しいお寿司を次々に握ってくれる。

私はそれを遠慮なくいただいた。

こんなにおいしいお寿司、離婚したら二度と食べられないかもしれない。

「いい食べっぷりだ」

男の人にも負けないペースで食べる私を、圭吾さんは微笑んで見ていた。

私たちはお腹いっぱいお寿司を食べ、ついでに赤だしや茶わん蒸しまでたいらげて、
ゆっくりお店をあとにした。

「あ〜おいしかった！　大将いい人でしたね」

帰りの車に乗っても、まだ私はお寿司の余韻でテンション高め。

「俺が子供の頃からあの店で修行していたんだ。もう兄弟みたいなもんだよ」

大将は四十代後半くらいだったから、兄弟というにはちょっと年が離れていそう。

「ん？　ってことは、ご家族とよくいらしてたんですか？」

「そうそう。たまに両親も来るみたいだから、鉢合わせないように気をつけないとな」

ははははと笑う圭吾さん。

やっぱり。大将が圭吾さんのことを『先生』って呼んでたから、知り合いなんだろうなとは思っていた。

子供の頃からあんなにおいしいものを食べて育ったなんて。

私の料理、口に合っているのかな。

「あの、いつもたいしたもの作れなくてすみません」

節約&時短レシピしか知らない私がいくら頑張っても、大将には勝てない。

「いきなりどうした？　家庭料理と外食は別物だろ？」

「それはそうですけど」

「七海のご飯はホッとする味で、俺は好きだよ」

気を遣っているのかもしれないけど、そう言ってくれるのはうれしかった。

「俺は料理はできないからな。千葉とかうまそうだよな」

「ああ、たしかに千葉くんは毎日自分のお弁当作ってますね」

千葉くんは今どき男子で、女子力も高い。健康や美容にも関心を持ち、手作り弁当は毎日、たまにお菓子を焼いて病棟に差し入れしてくれる。

「毎日？　あいつすごいな。完全に負けた」

悔しそうな圭吾さん。

どうしていきなり千葉くんが出てきたのか知らないけど、圭吾さんはやる気がないんじゃなくてやる時間がないのだから仕方ない。

「お互いムリはしないに限りますよ。料理が好きな人はやればいいけど。あ、私が教えてあげます。将来の奥さんのためにもね」

今までやる習慣がなかった人がいきなりできるわけないしね。余裕があるときに少しずつ教えよう。

親切で言ったつもりなのに、圭吾さんの顔がますます曇る。

「奥さんならきみがいる」

「ん？　でも、契約結婚じゃないですか」

安藤さんが彼から離れて落ち着いたら離婚するという契約だ。

「そうだけど、今からそういう話をしなくてもいい」

「そ、そうですか」

失礼だったかな。早く結婚を解消したがっていると思われてしまったかもしれない。

「そういえば、今日特別室で会ったのはびっくりしましたね」

「ああ。一瞬あの場でカミングアウトしてやろうかとも思ったよ」

「そのほうがよかったんですかね」

夫婦そろって『結婚しました』って言ったほうが、真実味が増す。

安藤さんもどこの誰に圭吾さんをとられたのかわからないから、結婚自体をまだ疑っているのかも。

「いや。やっぱりカミングアウトより先に退院してもらわないといけない。入院中にカミングアウトしたら、嫌がらせでナースコール連打しそうだ」

「たしかに……」

それも嫌だけど、部屋から出てきて病棟で騒ぎになっても困るし。

なにをするかわからない相手と話すのって、タイミングから慎重にならないといけないのね。

「難しいですね」

看護師になってから患者を励まし続けてきたけど、なにかをあきらめさせたことはない。

「そうだな」

圭吾さんは進行方向を向いたまま小さなため息を落とした。

数日後。

なぜか〝笠原先生が結婚したらしい〟という噂が病棟中、いや病院中に広まっていた。

仕事中も、オペ室の看護師から病棟に「笠原先生って誰と結婚したんですか？」と電話がかかってくる始末。

とうとう師長が出てきて「仕事中に個人のプライベートのことを話すのは禁止にします」と、病棟看護師全員でお叱りを受けた。

もちろん私も一緒に聞いていた。みんなを巻き込んでしまって申し訳ない。

「ところでさあ、笠原先生と結婚したのって本当に院内の人なんかね？」

仕事が終わってから、着替えを終えた千葉くんと病院の出入り口で偶然出会った。

駅まで歩く道すがら、やっぱり話題は〝笠原先生の結婚〟だ。

こっそり師長に呼ばれて話をしたところ、おそらく看護局か人事課から漏れたのではないかということだった。

ほらやっぱり。恐れていたことが起きてしまった。

「さあ。それなら名前が変わるからすぐわかるんじゃない」

相手が私だということが漏れてないのが奇跡だ。

「そうよな。俺もそう思う。じゃあ安藤さんは遊ばれてたってことか」

チクッと胸にトゲが刺さったような痛みを感じる。

そうじゃないのよ。そもそも圭吾さんはつきまとわれているだけ。

そんな反論はもちろんできない。

返事をしないでいると、千葉くんは勝手に話を続ける。

「でもなんかわかるわ。俺も安藤さんと結婚するの、ムリだもん」

「そうなの？　美人だし女性らしいしお金持ちじゃん」

病気でもなく、怪我も治っているのに一泊三万円もする病室に連泊できるんだもの。

半端ないお金持ちであることは、彼女の実家のことを知らなくても察しはつく。

「金持ちって言ったたって、それはたぶん親の金じゃん。しかもメンヘラっぽいし。俺たちのやること増えるだけだし別の患者は入れないし、早く退院してくれないかな」

「メンヘラって……やめてよ」

どういう理由があったって、患者の悪口を言うのはよくない。

「はは。わかってる、やめるやめる」

全然反省してなさそうな千葉くんを呆れて見ると、リュックの中のスマホが鳴った。

あわあわとリュックを下ろしてスマホを探っているうちに、着信は途切れてしまった。

「槙はもう少し、女性らしくてもいいと思うけどな」

千葉くんは、今日もお団子頭でTシャツデニムの私をにやりと見下ろす。

「女性らしいってなんですかー。差別反対でーす」

言い返すと、彼は笑った。

「先行くわ。電話かけ直すんだろ」

「うん。じゃあね」

千葉くんの姿が完全に見えなくなったところで、スマホを見る。

着信履歴には『圭吾さん』の文字。電話番号は契約結婚を申し込まれた直後に交換した。

危ない危ない。千葉くんに見られてたら、その場でバレていた。

私は物陰に移動し、こそこそと電話をかけ直す。

『はい、笠原です』

「もしもし、私です。出られなくてすみません」

小声で話すと、圭吾さんが苦笑したような気配がした。

『噂になっているみたいだな』

「そのようですね」

『この際、公表するか。外堀から埋めていくのもアリだな』

なんとなく彼のいたずらっぽい顔が頭に浮かんだ。

「まだ、ちょっと今は……」

公表したら絶対に安藤さんの耳にも入る。本人以外から聞くことのほうが、安藤さんにとってショックだろう。

それに、この前カミングアウトは彼女が退院してからだって話になったところだったような。

渋る私に、圭吾さんは笑う。

『わかってる。それとは別件なんだが』

「別件？」

『ゆっくりいろいろ話したいし、今度の休み、一日付き合ってくれないか』

普通なら家で直接言えばいいのだけど、明日から私の夜勤と圭吾さんの当直が交互に入っていて、家で会える時間が少ない。だから電話をかけてきたのだろう。

ふたりとも休みなのは、四日後の日曜日だ。

「わかりました。大丈夫です」

『ありがとう。よかったらドライブに行こう』

それって、デートのお誘い？

そんなふうに考えてしまい、私はふるふると首を横に振る。

いやいや、今後の作戦のこととか、いろいろ打ち合わせなきゃいけないことがあるんだろう。

まだ私は圭吾さんのことをほとんど知らない。

今後夫婦を演じていくためにも、お互いのことを知る時間は必要よね。

「はい」

『じゃあ、詳しくはまた』

スマホの向こうから、他のドクターの声がした。

相変わらず忙しいらしく、慌ただしく電話を切られる。

「ドライブかあ」

それって、話し合いとかじゃなくてやっぱりデート……。

そんなわけないと自分に言い聞かせながら、どこかでわくわくしてしまっている。平静を装って駅への歩みを再開すると、足元がふわふわしているように感じた。

日曜の朝。私は実家アパートの駐車場で圭吾さんを待っている。

どうして実家なのかというと、今の季節にちょうどいいお出かけ用の服が実家に置きっぱなしだったから。

久しぶりに泊まると、お母さんは喜んでくれた。瑞希には夜ご飯のときしか会わなかったけど、相変わらず勉強を頑張っているみたい。

早朝に圭吾さんの家に帰ると言ったのに、彼は実家まで迎えに来ると頑固に言い張るので、押し負けてしまった。

「やっぱりやめておけばよかった……」

駐車場からアパートを見上げると、二階にある槙家の窓から、お母さんと瑞希がこちらをのぞいている。

ふたりは私が上を向くと隠れるけど、いつも閉まっている窓が全開になっている時点でバレバレなんだから。

瑞希はまだ圭吾さんに会えておらず、『姉ちゃんの旦那さんってどんな人かなあ』

と、興味津々なんだろう。

足元に視線を落としていると、駐車場に一台の乗用車が入ってきた。

私は車の種類に詳しくないのでなんていう名前かはわからないけど、なんとなく高そうだということはわかる。

黒光りするボディに目立つエンブレムがついたそれは、庶民的なアパートの駐車場にはおよそ不似合いだった。

「どうも」

私の横についた車の運転席から圭吾さんが降りてくる。

「えーっ、なにあの高級外車！　すげーっ」

「これ瑞希、やめなさい！」

槇家の窓からそんな声が聞こえ、圭吾さんがそちらを見上げた。

私も顔を上げてにらむと、ふたりの頭がぴゅっと引っ込むところが見えた。

圭吾さんがくすくすと笑う。

「逃げなくてもいいのに」

「お恥ずかしいです……」

先生から見たら、この庶民的なアパートはどんなふうに映るのだろう。この前挨拶に来たときは、特になにも言ってなかったけど。

正直、こんな古くて狭いところに住んでたのか……って、引いてたりして。

そんな心配をしていたけど、圭吾さんはそれよりも私の家族に興味があるみたいだった。

「瑞希くんにもしっかり挨拶したいな」

「あはは……今日は予定があるから、またの機会にしましょう」

彼はうなずき、助手席のドアを開けてくれた。

いつもしてくれていることなのに、お母さんが見ているかもと思うとムズムズする。

私は照れくささを隠しながら車に乗り込む。

圭吾さんも運転席に戻ってきて、車は無事に駐車場を出発した。

「今日は感じが違うな」

私の姿をちらちらと見て、彼が言った。

「えへへ、初デートですからね」

勤務があるときはお洒落したってすぐに制服に着替えちゃうから、基本楽なパンツスタイルだ。

それにデニムは満員電車でも痴漢に遭いにくいというメリットがある。

しかし今日は、好きな人と出かける初めての日だ。

圭吾さんの隣に立つのにいつもの格好では、私の気が済まない。

というわけで、同期の女の子や学生時代の友達と会うとき用に買った、薄い水色のノーカラーワンピースを着てきた。

靴も汚いスニーカーはやめて、パンプス。メイクもちゃんとして、髪も整えた。

私だって、やるときはやりますよ。やればできる子なんだから。

「そうか、俺との外出をデートだって言ってくれるか。うれしいな」

運転席の圭吾さんは、本当にうれしそうに微笑んでいる。

こんな顔見たことなかったので、ぐわっと車内の温度が上がった気がした。

「デートじゃなかったですか」

「いや、デートで間違いない」

「そうですか。よかった」

「すごくかわいいよ。この姿を俺しか知らないと思うとよりうれしい」

今度は体中の体温が上昇した。

実はこの服も靴もアクセサリーも全部安物なんです。コスメは基本プチプラです。

だけど、圭吾さんにかわいいって言ってもらえたら、お値段以上の価値があるものに思えてくるから不思議だ。

「ま、本当は俺以外も知っているんだろうけどな」

そう呟いた彼の横顔が、少し寂しそうに見えた。

たしかに、お母さんや友達はもっと違う私の一面だって知っている。

「あの、私のことならなんでも答えますから聞いてください。私も圭吾さんのこと、もっと知りたいです」

勇気を出してそう申告すると、圭吾さんの顔がほころぶ。

「ありがとう。俺も答えるから遠慮なく聞いて」

「はいっ」

彼が操作したステレオから、聞いたこともない洋楽が流れてくる。

K―POPメインで聞いている私には曲名もグループ名もさっぱりわからなかったけど、とても心地のいい優しい曲だった。


八時頃出発し、現地に到着したのはちょうどお昼前だった。

「海だ〜！」

目の前には青い海と薄いグレーの砂浜。

どこぞの南国みたいなエメラルドグリーンではなく、青に少しだけ緑を溶かしたような海に、私は興奮していた。

「いつも仕事が大変だから、こういうぼんやりできるところもいいと思って」

「最高です！　私、海ってあんまり来たことがないんです」

小さい頃はお母さんひとりだと大変だから、海なんて連れていってもらえなかったし、学生の頃はバイトばかりで遊んでいる暇もなかった。

まだ海水浴シーズンではないからか、観光客もまばらにしかおらず、波の音しか聞こえない。

いつも大音量で鳴るナースコールや離床センサー、モニターの音に囲まれているので、静かなところがすごく新鮮だ。

「あのレストランで食事をしようと思うんだけど、どうかな」

圭吾さんが指したのは、海に張り出したテラスのあるレストランだ。冬でも寒くないようにか、ガラス張りになっている。

まるで海の上で食事をしているような気分になれそう。

「素敵ですね」

「予約の時間までまだ余裕があるから、散歩でもしようか」

「はい」

人の少ないうちに、この海岸を満喫しよう。

目的もないまま歩き出した私の横には、歩幅を合わせた圭吾さん。

潮風を吸い込むと、体に染み込んだ消毒液のにおいが消えていくような気がした。

「圭吾さんはよく海を見に来るんですか？」

「よくってほどでもないな。休日も寝て起きたら夕方なんて日もザラだし」

「ああ～わかります～」

疲れて寝るだけの休日を何度過ごしたことか。

学生の頃はそんなことなかったのに、社会人になった途端にそうなってしまった。

「ドクターになって後悔してます？」

「いいや、それはない」

浜辺を歩きながら質問すると、彼はキッパリと言い切った。

そうか、医者という仕事に誇りを持っているから、忙しくても頑張れるんだね。

その他にも、彼から幼少期のことや趣味や好きな食べ物の話などを聞くことができた。

大病院の御曹司だから、厳しい英才教育を受けてきたのかと思ったけど、意外に普通に育てられたらしい。

ご両親とも多忙な医者であるため、宅配ピザの夕食ばかりが続き、お兄さんとカレーを作ったのにお米を炊き忘れていた話なんて、不覚にも笑ってしまった。

医者の一家だなんて、ものすごいプレッシャーの中で生きていそうとか勝手に思うけど、本人は特にそういうふうに感じたことはないらしい。

「両親は一度も俺に医者になれなんて強要しなかった。自分でこの道を選んだんだ」

潮風が彼の髪を撫でる。

とっつきにくかった彼のイメージが、どんどん身近なものになっていく。

「それにしても歩きにくそうだな。はい、手」

海に来るとは聞いていなかった私は、パンプスなんて履いてきてしまった。

これなら逆にいつものスニーカーのほうがよかったかも……。

砂に足を取られてもたもたする私に、圭吾さんが手を差し伸べる。それを取ると、彼の手の中に私の手がきゅっと包み込まれた。

こうして男の人と手をつないで歩くなんて、小学生時代の遠足以来だ。

胸が高鳴って、余計に足がもたつく気がした。

共同生活も、手をつないで歩くことも、少しずつ慣れていこう。

一歩一歩一緒に歩んでいけば、いつかは……。

夢見がちなことを考えていたからか、足がもつれた。

靴が脱げる。バランスを失った体が前のめりに倒れる。

「きゃあっ」

「七海！」

無様に砂に転がる前に、圭吾さんが腕で私の身体を支えてくれた。

ホッとしたのもつかの間、抱きしめられているような状態に頬が熱くなる。

「ご、ごめんなさい」

「いいよ。ちゃんとつかまって」

私の靴を拾ってくれた圭吾さんが背中に手を回す。

「え？」

どこにつかまればいいのか問おうとした瞬間、視界が変わった。

「ひえっ」

目の前に圭吾さんの横顔がある。

長い睫毛《まつげ》や高い鼻に見惚れている場合じゃない。初めて嗅ぐ彼の髪のにおいにくらくらしている場合でもない。

これっていわゆるお姫様抱っこ？

「だ、大丈夫です歩けます！」

「いや、大事な妻を転ばせるわけにはいかない」

「でも」

圭吾さんの顔が近すぎて、心臓が爆発しそう。

そして周囲の目が気になる。恥ずかしい。

「ここは職場じゃないんだ。もっと甘えてくれ」

耳元で囁かれて、脳があっという間にキャパオーバー。

抵抗する気力をなくした私を横抱きにしたまま、圭吾さんは歩く。

砂浜から脱出し、コンクリートの歩道の上で解放された。数分で着く距離なのに、何倍も長く感じた。

「近くに靴屋あるかな。道の駅にサンダルならあるかもしれないな」

圭吾さんは私をベンチに下ろすと、パンプスの砂を払ってくれた。

「ありがと……ええっ」

足元に置いてくれるかと思いきや、それをわざわざ履かせてくれる。

「あ、ネイルかわいいな」

うちの病院では手の爪にネイルをしてはいけない規則なので、彼が言っているのは足の爪のこと。

足の甲にキスでもしそうな距離で言ってくるから、恥ずかしさで死にそうになる。

かかとのケアとセルフネイル、頑張っておいてよかった……！

「さあ、行こう」

「は、はいい」

靴を履かされた私は、彼について歩きだす。

しかしドキドキしすぎて、結局千鳥足になってしまった。

その後、圭吾さんが予約してくれていたレストランへ。鮮魚を使ったコース料理とテラス席から見える海を満喫すると、やっと心拍が平常運転に戻った。

周辺の雑貨店などをのぞいてから、私たちは車に乗り込む。

「なんか……すごく癒されました」

「自然っていいよな。夏はまた少し景色が違うんだ。その頃また一緒に来よう」

私はえへへと笑って流した。

夏には、もしかしたら離婚しているかもしれない。

安藤さんの様子を見るに、すぐにあきらめてくれそうには思えないけど、これからどうなるんだろう。

圭吾さんの妻の正体が私だとバレたときのことを想像すると、ずうんと心が重くなる。

安藤さんがあきらめて去っていったら、彼との結婚生活は終わる。

いつか終わる関係だとしても、今からしょんぼりしていたって仕方ない。それはわかっているけれど、胸が重くなってしまう。

「実は近くに兄の家があるんだ。ちょっと寄ってもいいかな」

ぼんやりしていた私は、
そういえば、お兄さんはうちの病院から離れて、遠くでクリニックをやっているって言ってたっけ。この辺りだったんだ。

「もちろん大丈夫です」

お兄さんって、どんな人だろう。少し緊張する。

窓から見える景色に意識を移す。青い海が見える小高い丘の上に、おしゃれな洋風住宅が並び、石畳の歩道があちこちに敷かれている。

私もいつかこんな海辺の静かな街で、好きな人と一緒に暮らせたらな。

そんなことを考えていた。

「着いた」

ぼんやり考え事をしていたら、十分ほど経っていたようだ。

気づいたら車は駐車場に停まっていて、横の建物には『しおかぜクリニック』という青い看板が。小さな美術館のような見た目のクリニックに寄り添うように、自宅と思われる三階建ての素敵な家がある。

ここがお兄さんのクリニックと家だろう。

車を降りると、どこか圭吾さんに似ている長身の男性が、自宅の門を開けて出てきた。

「圭吾、よく来てくれたな」

「やあ兄さん。これお土産」

やっぱり圭吾さんのお兄さんだ。

お兄さんは少し髪が長くて、海辺に住んでいるというのに肌が白かった。

にこやかに挨拶を交わすふたりのイケメンは、たしかに顔立ちや骨格が似ている。

「この方は？」

お兄さんがこちらを見る。

「病棟看護師の槇七海です。はじめまして」

「うちの病院で働いているんだ」

ぺこりとお辞儀すると、お兄さんは笑顔で「圭吾の兄です」と返してくれた。

「立ち話もなんだから、あがっていけよ。京香《きょうか》も楽しみにしてる」

「じゃあ、少しだけ」

私は圭吾さんの後ろに続き、お兄さんの自宅へ足を踏み入れた。

豪邸とまではいかないけど、センスのいい広々とした家だ。玄関に絵が飾ってあるところからして、私の実家アパートとは格が違う。

「いらっしゃい。どうぞ上がってください」

家の奥から髪が長くて目が大きい、きれいな女の人が現れた。お兄さんの奥さんに違いない。

安藤さんに嫌がらせをされたけど、無事に試練を乗り越えて一緒になったふたりは、今でもとても仲がよさそう。お兄さんの京香さんを見る目が優しくて、こっちまでほっこりする。

「お邪魔します」

玄関を上がると、京香さんの後ろからひょこっと小さい影が顔を出した。

一歳くらいの赤ちゃんだ。やっと立てるようになったといった風情で、こちらを見ている。

「かわいい！」

目がくりくりで、ほっぺたぷくぷく。

思わずテンションが上がった私にびっくりしたのか、赤ちゃんは京香さんの後ろに再び隠れてしまった。

「こんちは、できるか？　この間練習したんだけどなあ」

お兄さんが赤ちゃんを抱っこして話しかける。赤ちゃんはキョトンとした顔でお兄さんを見つめていた。

「いや、まだ一歳なんだから話せないだろ」

圭吾さんがツッコんだ。たしかに、一歳じゃまだ話せない。

「あの、男の子ですか？　女の子ですか？」

「男の子だよ。よく女の子に間違われるけど」

「ですよねえ、かわいいですもんねえ」

デレデレになった私の肩を、圭吾さんが叩く。

「座らせてもらおう」

放っておいたらいつまでも玄関で赤ちゃんを愛《め》でていそうだと思われたのだろう。

通されたリビングで、京香さんが紅茶を出してくれた。

彼女は始終にこやかで、立ち居振る舞いも庶民みたいにがちゃがちゃしていない。

これぞドクターの奥さんって感じ。

よかった。昔は安藤さんといろいろあったらしいけど、今は本当にしあわせそう。

「で、ふたりはどういう関係？」

お兄さんが興味津々といった感じで聞いてきた。

「実は……」

圭吾さんはお兄さんに契約結婚のことを正直に話した。

「俺のほうの保証人欄は、知り合いの弁護士に書いてもらった。父さんたちには言っていないけど、いずれバレるだろう。兄さんもなにか聞かれても黙っていてくれないか」

「それはいいけど……そうか、ごめんな。そんなことまでさせて」

お兄さんはしょんぼりとした様子でうつむく。

「あいつ、圭吾にまで迷惑かけるなんて。父さんたちもどうして強く出ないんだろう」

「事を荒立てたくないんじゃないかな。安藤家は業界に顔が利くから」

兄弟の話を聞き、京香さんの顔まで曇っていく。

「そんな顔しないでくれ。兄さんたちを責めに来たわけじゃない」

「そうですよ。おふたりが結婚される前の出来事があまりに壮絶だったので心配していましたが、しあわせに暮らされていてよかったです」

「あとは俺たちに任せてくれ。なんとか穏便に笠原家から手を引かせるよう、やってみるから」

圭吾さんと私が交互に話すと、お兄さんは表情を和らげた。

「お前たち、雰囲気が似てるな。本当の夫婦みたいだ。なあ」

同意を求められた京香さんはこくりとうなずく。

「七海さんみたいないい子が本当に親戚になってくれるとうれしいんだけど」

「いえ、私いい子なんかじゃ」

だって私は、お金で契約を交わしただけの身だ。

圭吾さんの力になりたいとは思っているけど。

「うん、いい子なんだよ。これからゆっくり口説こうと思ってる」

「えっ」

びっくりしてなにも言えない私に、圭吾さんは視線で笑いかける。

どうして突然そんなことを言うんだろう？　お兄さんには演技をする必要なんてないはずなのに。

「なんだ、まったく恋愛感情がないわけじゃないのか」

「応援してるわ、圭吾さん」

お兄さん夫婦の表情が明るくなったので、私は余計に黙っているしかなくなった。

さっきの言葉は、彼らを安心させるための方便だったのかもしれない。

まだドキドキしている鼓動を落ち着かせるため、私は深く息を吐いた。

重い話が終わったあとは、おいしいお菓子と紅茶をいただいて、日が暮れる前に帰ることにした。

帰り際、お兄さんは車の前まで見送りに来て、圭吾さんに頭を下げた。

「長男なのに逃げてすまない。俺が今しあわせに暮らせているのは、お前を犠牲にしているからだ」

そのしょんぼりした様子から、彼が安藤さんから受けた精神的苦痛が相当だったことがうかがえる。

「おいおいやめてくれ。こっちは大丈夫だから。また連絡する」

圭吾さんは明るく笑い、車に乗り込む。

発車したあとも、お兄さんはいつまでも私たちの車を見送っていた。

「素敵なご夫婦ですね」

「そうだろ。あの夫婦の間に入ろうなんて、無粋なやつだよな」

誰とは言わないが、無論安藤さんのことだろう。

優しそうなお兄さんだった。安藤さんの圧にも負けずに京香さんと一緒になれてよかった。

「そうだ、そろそろ周りにカミングアウトするか。菜美恵もだいぶ参ってるみたいだし」

「あとひと押しってことですね。う〜ん、安藤さんにだけ言うのはどうでしょう」

あんまり周りに言いふらして、すぐ離婚ってなると、圭吾さんのイメージも悪くなるのでは。

私は最悪今の病院を辞めることになっても、どこかで看護師として働ければそれでいい。でも圭吾さんは違う。

これから病院を率いていく者として、イメージは大事だ。

「そうか。俺はバレてもいいけど、七海はそうじゃないのか」

「はい？　いえ、あの」

寂しそうに言う圭吾さんに、胸がキュウとおかしな音を立てた気がする。

いやいやいや、翻弄《ほんろう》されちゃダメ。

彼の一見甘い言葉や行動は、安藤さんに本当に結婚したと思わせるための作戦だから。

決して、私と本当に仲良くしたいわけじゃない。

「知られたくない人でもいるのかな」

「え……」

まるで独り言のようなトーンだったから、返事をするかどうか迷う。

知られたくない人って、圭吾さんとの結婚を知られたら意地悪をしてきそうな人とか、そういう人のこと？

『いない』と答えようとした瞬間、お腹の虫がぐうぅと豪快に鳴った。

「ははは。いい音だ」

「すみません……」

聞かれたくなかった。恥ずかしい。

「どこかで夕食にしよう」

笑った圭吾さんは、もう寂しそうではなかった。

日が落ちて、急に気温が下がる。

私は上着をブランケット代わりに首元までかけ、顔を隠す。

どうしよう。私どんどん、圭吾さんに惹かれている。

彼はそうじゃないってわかっているのに、ブレーキが利かない。

「眠くなったか。いいよ、着いたら起こすから」

優しい圭吾さんの声が胸に痛い。

そんなに優しくしないで。

本当の彼女に向けるような視線で見ないで。

離婚前提の関係なのに、いつまでも続いてほしいと思ってしまうから。

なにかがどうにか間違って、圭吾さんが私に振り向いてくれたらいいのに。

私はちょっとだけ、神様に祈った。

休日が終われば、容赦《ようしゃ》なく勤務の日がやってくる。

「作ってしまった……」

私はお弁当箱を入れた袋を、じっと見つめた。

我ながらなにを考えているのかと思うけど、ふたつもお弁当を作ってしまったのだ。

ひとつはもちろん私のぶん、もうひとつは圭吾さんに。

急に思い立って早朝に起きて作ったはいいものの、果たして彼は食べてくれるだろうか。

「おはよう」

起きてきた彼はもうすでに、出かけられる格好だった。

「ん？　それは」

朝食があると思って近づいてきた彼は、お弁当に気づいて指をさす。

「あの、お弁当なんですけど……昼間食べる時間がなさそうなら、今食べてもらっても」

「せっかくだから持っていこうかな。午前のオペが終われば、午後のオペまで空き時間だし」

「そうですか」

今日はオペ当番らしい。よかった、無駄にならなかった。

私は袋ごと、お弁当を彼に渡した。

「うれしいな。大変だっただろ」

「そ、そんなにたいしたものは入ってませんよ。きまぐれで作ったので」

「きまぐれ弁当か。いいね」

まだ中身を見てもいないのに、圭吾さんはうれしそうに微笑む。

私は拒否されなかったことに安堵していた。


機嫌よく出勤したのに、病棟で受け持ち表を見た途端、気分が下がった。

私のところに安藤さんの名前が入っている。

毎日、圭吾さんのことをあきらめてひっそり退院してくれることを願っているのに、

「安藤さん、まだいる……」

安藤さんにはそんな気配もない。これは長期戦になりそう。

普通は主治医が退院と言えば拒否することはできず、家族を呼んで迎えに来てもらう。

ひとり暮らしの患者や身寄りのない患者は介護タクシーなどを頼むようお願いし、自宅に帰れない人は、ソーシャルワーカーと一緒に施設や転院先の病院を決めてなるべく早く退院してもらう。

そうしてどんどんベッドを空けてもらわないと、あっという間に満床になって、次の患者が入院できないからだ。

彼女もそれをわかっているから、希望者の少ない特別室に居座っているんだろう。

「笠原先生は退院指示を出してるんだけど、本人がゴネてるんだと。これまでも数日延ばすことはあったけど、今回は長いな」

いつの間にか近くにいた千葉くんが呆れ顔で言った。

「笠原先生に振られたからよ。誰よ、最初に彼女が先生の婚約者だって言ったの。ただのストーカーじゃん」

「先生も早く強制退院させればいいのに」

次から次へと話題に入ってくるのは、最初に特別室の前で安藤さんのことを教えてくれた先輩たちだ。もともと入院するほどの症状ではない安藤さんのことをよく思っていなかったのだろう。

笠原先生という後ろ盾を失い、彼女は大っぴらに病棟の嫌われ者になっていた。

「おはようございます」

ぬっと私たちの間を縫って、師長が顔を出した。

「おはようございます〜」

先輩と千葉くんはなにも話していない顔をして散っていった。

「槇さん、あなたを担当にした理由、わかるわよね？」

「えっ、え？」

それはいったい……。

答えが出せない私に、師長は耳打ちするように言った。

「あまり刺激しちゃいけないけれど、なるべく早く退院してほしいのよ。穏便にね」

なるほど。師長は圭吾さんと結婚した私から、退院するよう促してほしいのか。

病院としても看護師としても、本当に治療を必要としている患者のために力を使いたいのだ。

「はい……」

それはわかるんだけど、どう話を切り出せばいいのかな。

漬物石をのせたくらい重い気持ちで訪室すると、安藤さんは相変わらず〝私、かわいそうだから優しくしてオーラ〟を纏っていた。

「おはようございます。お熱と血圧測りますね」

努めてにこやかに話しかけると、安藤さんはふるふると首を振る。

「私なんて死んでもいいんだから、熱なんて測る必要がないわ」

私は絶句した。だいぶ参っているようだ。でも、冗談でも『死んでもいい』なんて言っちゃいけない。

「そんなこと言わないでください。そうだ、一度退院して外の生活を思い切り楽しんだらいかがでしょう。病院っているだけで暗い気持ちになるじゃないですか」

明るく言えば『そうね〜』なんて言ってくれるんじゃないかと期待したが、安藤さんはギロリとこちらをにらんだ。

「槇さんはそういうこと言わないと思っていたのに。みんなで私を追い出そうとするのね」

これはいけない。神経を逆撫でしてしまった。

すでに何人もの看護師からそれとなく退院するように提案されているみたい。

「そういうわけじゃ……」

「あ、そうだ槇さんは好きな人とうまくいってる？」

「へっ？」

いきなりの話題転換についていけず、やけに高い声が出た。

好きな人がいるなんて話したっけ？

そういえば、初めて会ったときに好きな人がいるかどうか聞かれたような。

「いや、あの……」

「うまくいってるみたいね。愛されてるオーラが出てるもの」

私からそんな雰囲気が出ている？　ただの契約結婚なのに？

「結婚するの？」

「どうでしょう」

もうしているなんて、この状況で言えるわけない。

さっさと体温と血圧を測り、部屋を出ていこうとすると。

「まさか、あなたが圭吾の結婚相手じゃないでしょうね」

暗い声で言われて、持っていたボールペンを落としそうになる。

「ああ、ごめんなさい。私どうかしてるわ」

ベッドの上で顔を覆う安藤さん。

自分でも根拠のない言いがかりだということはわかっているようだ。

「いえ……少しでも休んでくださいね。失礼します」

師長の言う通り、退院は促したし、やることはやった……のかな。

それにしても安藤さん、本当に退院したほうがいいんじゃないかな。みんなに煙たがられているのもわかっているみたいだし、ここにいても針のむしろだ。

自業自得とはいえ、ストレスのせいで睡眠や食事がじゅうぶんにとれていないようだし。

でもそんな提案をしても、受け入れてくれなさそう。

師長やベテラン看護師からもいろいろ言ってくれてるだろうけど、まったく響いていないのかな。

考えても考えても答えは出ない。

私はムリヤリ安藤さんのことを頭から追い出し、午前のラウンドに集中することにした。

昼休憩になりスマホを見ると、圭吾さんから『一緒に弁当食べないか』と一分前にメッセージが届いていた。

奇跡的に休憩時間が被ったんだ。重かった気分が明るくなり、私はいそいそと返信した。

『五階のテラスで会いましょう』と送ると、『了解』と返ってきた。

誰かに話しかけられる前に、私はカーディガンを羽織ってお弁当を持ち、職員用の階段で五階に向かった。

五階には患者用の屋外テラスがある。二十畳くらいの広さで、植木や花壇に囲まれている。

夕方まで開放されているが、お昼は病室で食事が出るので、患者はほぼいない。

さらに職員には快適な食堂があるので、ほとんどそちらへ行く。

だから屋外テラスは人気のない穴場なのだ。

今日も運よく誰もおらず、私は目立たない隅っこのベンチに座った。

「あ、いた」

すぐに圭吾さんが青いスクラブ姿で現れる。白衣は着ていない。

私が作ったお弁当を手にしている彼は、すとんと私の隣に座った。

「さあ食べよう。いただきます」

「時間大丈夫ですか?」

「ああ、今は大丈夫。緊急で呼ばれたら行かなきゃならないけど」

圭吾さんはお弁当の蓋を開けた。

その顔は、遠足のお弁当を開ける子供のようにわくわくしているように見える。

「おお、おいしそうだ」

メインは焼き鮭で、ごま塩をふったご飯の上にのせてある。サイドには野菜の肉巻き、ひじきの煮つけ、緑はアスパラ。隙間は卵焼きで埋めてある。

中学生くらいから忙しいお母さんの手伝いで台所に立っていたことが、功を奏した。

ただ、そこまでSNS映えもしないし、豪華でもない、普通のお弁当である。

気に入ってもらえるかな。今さら心配になってきた。

「いただきます」

私の心配をよそに、圭吾さんは割り箸を割って野菜の肉巻きから食べ始める。私も蓋を開けた。

「うん、おいしい」

言葉少なに、もくもくと平らげていく圭吾さん。

「こういうの求めてた」

「庶民の味ですよ」

「優しい味って言うんだよ」

今までも朝ご飯と夜ご飯は作ったことがあるけど、お弁当は初めて。

彼は庶民の味に慣れたのか、おいしそうに食べてくれる。

喜んでもらえてよかった。

「これからもずっと、昼はこういう弁当がいいな」

突然うれしそうにそんなことを言うものだから、私は鮭を喉に詰まらせそうになった。

「毎日はムリかもしれません」

期待されるとプレッシャーに感じる。

庶民の食卓がずーっと続けば飽きるだろうし、なにより私に毎日毎食自炊をするほどの気力がない。たまには楽したい。

「冗談だよ。看護師は忙しいもんな。医者より大変なんじゃないかって思うよ」

「そんなことは……」

各方面に指示を出す立場の医者より、患者と患者家族と医者と……いろんな方向からの板挟みにあう看護師のほうが大変なんじゃないかと思うことはある。

だけど、今の状況で言えば、圭吾さんのほうが絶対に忙しい。

「夜勤もあるし、休みは不規則だし」

「そうですね」

「俺もおいしい食事を作れるようにならなきゃいけないな」

最後のご飯の塊を咀嚼して飲み込むと、圭吾さんは立ち上がる。

「ありがとう。元気出た。これで午後も頑張れる」

まだ食べ始めて十分くらいしか経ってない。休憩時間が少なすぎやしないか、心配になる。

そんな思いが顔に出たのか、圭吾さんは私の頭をくしゃくしゃと撫でた。

「本当だよ。七海も午後の仕事頑張れ」

「はい、もちろんです」

少しの時間でも圭吾さんに会えて、私も元気をもらえたような気がする。

「よし。おいしかったよ。ごちそう様」

眩しすぎる笑顔を残し、圭吾さんは消えていく。

ひとりになった私は、まだ残っているお弁当を食べた。

これからもずっと、かあ。

このまま離婚なんかしないで、ずっと一緒にいられたらいいのに。

圭吾さんはどういうつもりなんだろう？　彼の気持ちを知りたいような、知るのが怖いような。

臆病な私は、いつか彼に本当の気持ちを伝えられるのかな。

私は休憩時間ギリギリまで、圭吾さんのことばかり考えていた。

翌日は夜勤のため、夕方に出勤すると、わっと病棟の看護師たちが集まってきた。

みんな日勤の終わり頃だから疲れた顔をしているはずなのに、なぜか目が輝いている。

「槙さん！」

「どうして話してくれなかったの！」

噂話好きの先輩たちに詰め寄られ、私はぽかんとしてしまった。

横から千葉くんが口を挟む。

「槙が笠原先生の結婚相手だって噂がオペ室から回ってきたんだよ。まさか本当なのか？」

「オペ室？」

「一緒に仲睦《なかむつ》まじくお昼ご飯を食べていたそうじゃないの」

お昼ご飯というワードでピンときた。

昨日、お弁当を食べていたところをオペ室の誰かに見られたに違いない。

偶然、あのテラスを利用しようとした人がいたのだろう。

でも、それだけで結婚していると思うかな？

やっぱり人事課か看護局の誰かが情報を漏らしたんじゃあ。

「ええと……」

これはもう観念したほうがいいのだろうか。

あわあわしていると、師長室から師長が現れた。

「私語は！　慎むこと！　患者はここで治療しているんですよ!?　静かにしなさい！」

そう言う師長の声が一番大きくて、病棟中に響いた。驚いた私たちはビクッと体を震わせる。

「仕事を終え次第帰ること！　いいですねっ」

控室で私をつかまえようとしていた人たちにも師長は厳しく声をかけた。

先に怒られた私はその間にいそいそと業務に戻る。

「ちぇっ。じゃあお疲れ様です」

「また今度ゆっくり聞かせて」

日勤の看護師たちは仕事が終わった者から帰っていく。

夜勤のメンバーは私と千葉くんと、あとひとりの先輩で三名。それと、看護補助者一名。

仕事が始まれば忙しくて、話している時間もないことが、今日だけは救いだった。

「槙、安藤さんの受け持ち変わるわ」

千葉くんの申し出をありがたく受け、私は特別室には近寄らないようにしていた。

私たちの結婚の噂を看護師がみんな知っているということは、安藤さんの耳にも入っているかもしれない。

人の口に戸は立てられぬって言うものね。仕方ない。


夕食を終え、消灯時間までは何事もなく順調に回り、ホッと一息ついたときだった。

ナースステーションのモニターから、アラームが鳴った。

赤い光が点滅し、患者の脈拍がかなり弱っていることが示されている。

「急変！」

先輩がその部屋に走っていく。

千葉くんと私も救急カートを持って先輩のあとを追った。

病室に入ると、昼に肺癌のオペをした患者が血を吐いて意識不明の状態になっている。口の周りから胸元、枕の周囲まで赤黒い血がべっとりとついていた。

「槙さん、ドクターコールお願い！」

「はい！」

PHSで防災センターにドクターコールを要請するとすぐに院内放送がかかり、当番の医師と救急外来の看護師が駆けてきた。

数人入れば病室はぎゅうぎゅうだ。

他の患者のナースコール対応のため、私は先輩にナースステーションで待機を命じられた。

それ以外にも点滴交換などもあり忙しくしていると、またナースコールが鳴った。

ディスプレイに表示されたのは特別室の番号。思わずドキリとする。

なんだろう。とにかく今行けるのは私しかいない。

特別室へ走り、ドアを開けた。

「安藤さん、どうしました?」

開けてびっくり、部屋の照明がついておらず、闇が広がっている。

消灯時間を過ぎても、個室や特別室はトイレのときなどに照明をつけることが可能だ。しかし照明をつけられないくらい、体調が悪いのかも?

そう思った私は首元にかけてあるライトで室内を照らす。

安藤さんはベッドにおらず、窓際のソファにうつむいて座っていた。

長い髪がまるでホラー映画の幽霊のように見えて、安藤さんだとわかっていてもドキッとする。

「やっと来た、槇さん」

顔を上げた安藤さんは暗い表情で、じっと私を見ている。

今日何度かナースコールがあったのは知っていたけれど、千葉くんが対応していたからだろう。

「安藤さん、どうしました。薬ですか？」

「いいえ、違うの。あなたに会いたくて」

またた。〝私、かわいそうだから優しくしてオーラ〟全開で話しかけてくる。

私は初めて、安藤さんの自分勝手さに腹が立った。

今は緊急事態で、夜勤でいつもより人がいなくて、なのに体調不良でもないのに看護師を呼びつけて。

「お話だけならあとで聞きます、すみません」

「いいじゃない、少しくらい」

「すみません、今、急変した患者がいるんです。失礼します」

申し訳ないけど、今夜は相手をしていられない。

踵《きびす》を返した私の手が、後ろからがしっとつかまれた。

びっくりして振り返ると、座っていたはずの安藤さんがすぐそばに立っている。

細くて冷たい指が、私の手首に食い込む。

「あなたが圭吾の結婚相手なのよね？」

いつもより低い声に、ヒヤリとした。

「私知ってるのよ。探偵に調べさせたんだから」

ライトの灯りで照らされた安藤さんは、至近距離で私をにらむ。

探偵に調べさせたですって？

「じゃあ、院内にその情報を流したのも」

「そうよ私よ。そうしたらあなたが私のところに謝りに来るかと思ってね。なのにどうしてなかなか来ないの」

どうしてって。

心臓がバクバクして、平静を装う余裕もない。

「離してください！　仕事があるんです！」

私は安藤さんの手を振り払い、走って病室の外へ出る。そして特別室の扉に背中をつけたまま、ずるずると座り込んだ。

彼女はもう、なりふり構えない状態になっているのかもしれない。

しかし、それ以降、安藤さんからナースコールは鳴らなかったし、部屋から出てくることもなかった。

千葉くんがたまに訪室したけど、ベッドにもぐり込んでいたという。

「わー！　今度は点滴抜いてるー！」

遠くから先輩の声が聞こえてきた。

認知症患者が、自分で点滴の針を抜いてしまったらしい。

私たちは慌てて処置をするため病室に走る。

そんなこともあり、夜勤が終わる頃は看護師全員ふらふらになっていた。

夜勤の定時は午前九時。

昨夜の記録やらなんやらで、結局帰るのは十時くらいになってしまった。

「お先に〜」

「おう、気をつけてな」

まだ仕事が残っている千葉くんは力なく手を振った。

「今日笠原先生休みだっけ」

どこからそんな声が聞こえてくる。

噂のことを聞きたそうな人たちもいたけど、私が夜勤で疲れきっているのを見て、遠慮したみたい。

病棟を出るとき、「お疲れ様でしたー」と口々に声をかけてくれた。ありがたい。

お酒をたくさん飲んだときみたいに、頭が重く、ボーっとしている。

更衣室にあるシャワーを浴び、すっぴんで病院を出た。

圭吾さんは今日お休みで、家にいる。

こんな顔で帰るのは嫌だけど、仕方ない。

のろのろと院内のコンビニに寄り、ゼリー飲料を買って病院を出た。

ファストフード店で朝食でもとろうかとふと思う。

お腹が空いた。無性にハンバーガーとハッシュドポテトが食べたい。

自動車通勤なら帰り道に自由にどこでも寄れるけど、残念ながら電車通勤の私に、すっと寄れるファストフード店は思い当たらなかった。

通勤ラッシュの時間を過ぎ、少し空いた電車の座席に座った途端、睡魔に襲われて眠った。

人間の身体とは不思議なもので、自宅最寄り駅のひと駅前で目が覚める。

「は〜、ここから徒歩かあ」

電車を待っている間に駅のベンチでゼリー飲料を飲んだら、少しだけ回復した気がする。ちょっと眠れたし。

ゆっくり階段を下りて道路に出ると、なんとなく背後に違和感を覚えた。

誰かに見られている……？

振り返るが、誰もいない。

気のせいかな。だいぶ疲れているからそのせいかも。

早く帰ろうと、無心で足を動かす。

大きな通りから一歩中に入ると、ほとんど人気がなくなった。

また視線を感じて振り返ると、異常なほどのろのろと進む黒い車が目に入った。

「ん？」

なにあれ？

道に迷っているふうでもない。

不気味に思った私は、残った力を振り絞って小走りした。

自宅とは別の方向のコンビニで立ち止まり振り返ると、またあの黒い車がのろのろと通過していく。

運転席を見ると、黒ずくめでサングラスとマスクをした、いかにも怪しい男の人が乗っていた。

まさか、つけられてる？

私は過去、京香さんが安藤さんに嫌がらせを受けたという話を思い出した。

全力でコンビニに駆け込み、震える手でスマホを持つ。通話ボタンをタップすると、呼び出し音が聞こえてきた。

コール三回で、相手は出た。

『はい、どうした？』

圭吾さんだ。声が聞こえただけで安堵する。

「お休み中すみません。今大丈夫ですか」

平静を装って出した声が震えた。

『大丈夫。なにかあったのか？』

「あの、私の勘違いかもしれないんですけど」

と事情を話しているうちに、どこかから戻ってきたのか、また同じ車がコンビニの前をゆっくり通り過ぎていった。

『わかった。絶対にそこから動くな。すぐ迎えに行く』

「はい。待ってます」

勘違いかもしれない。普段の私だったら、休んでいる圭吾さんを呼びつけるなんてできなかっただろう。

でも、昨夜の安藤さんのあの目はなにをしでかすかわからない目だった。思い出すだけで、背筋が寒くなって震えが止まらない。

黒い車がコンビニの駐車場に入ってはこないかと、ヒヤヒヤしながら圭吾さんを待つ。

店員さんがいぶかしげにこちらを見ているのに気づき、お菓子を選ぶフリをしていると、来客を告げるチャイムがピヨピヨと鳴った。

ハッと顔を上げると、入り口から入ってきた圭吾さんと目が合う。

「圭吾さん」

彼の表情は珍しくこわばっていた。

きっと心配して、急いで来てくれたのだろう。

「行こう」

短く言うと、圭吾さんは私の手を取る。

私は持っていたお菓子を慌てて戻し、彼のあとに続いてお店を出た。

圭吾さんが入り口のすぐそばに停めてある車の助手席のドアを開け、私が乗り込むまで待つ。

「もう大丈夫だ」

圭吾さんはぼんやりしている私のシートベルトを代わりに装着する。

私は動揺しすぎていて、近い距離にもドキドキできない。

「帰ろう」

自分もシートベルトをすると、圭吾さんは迷いなく車を発進させた。

膝に置いた手が震える。

もう大丈夫だと自分に言い聞かせても、震えは止まらない。

「怖かったな」

赤信号で、圭吾さんに頭を撫でられる。

今までで一番、彼の手を温かく感じた。

「いいえ、すぐ来てくれて助かりました。ありがとうございます……」

私はようやく安心して、大きな息を吐いた。

もう大丈夫。ひとりじゃない。

圭吾さんは信号が変わるまで、ぎゅっと私の手を握っていてくれた。

数分後、私たちは無事に帰宅した。

途中、あの黒い車が尾行してくるようなこともなかったので、ひと安心……だと思いたい。

ソファに座った私に、温かいお茶を出してくれる圭吾さん。

それをすすって落ち着くと、圭吾さんがゆっくり話しだす。

「黒い車にあとをつけられたんだな。画像はある？」

「あ、ごめんなさい」

スマホで写真でも動画でも撮っておけばよかった。夜勤明けでボーっとしていたからか、まったくそういうことに気が回らなかった。

「いや、いいんだ。普通は撮っている余裕なんてない」

「すみません……」

貴重な休日に、根拠のない不安で呼び出してしまった。

これで私の勘違いだったらどうしよう。落ち込んでしまう。

「夜勤でなにかあったか」

私の不安を察してか、圭吾さんが声をかけてくれる。

「あ……はい。安藤さん、探偵を雇って調べていたようで、私が圭吾さんの妻だって知っていました。それで詰め寄られて」

事情を話し、安藤さんにつかまれた手首をさする。

まるで怨霊のようだった安藤さん。怖すぎる。

「あいつが噂を流したのか」

圭吾さんはため息をつく。

「あいつならやりかねないな」

「ずっと見られていたんですね」

おそらく圭吾さんが彼女に結婚していることを告げたときからだろう。

探偵に見張られていたと思うと気持ち悪いし、怖い。

「どうしよう……」

安藤さんをあきらめさせるための契約結婚だ。いつか安藤さんと直接対峙しなくてはならなくなることはわかっていた。

ただ、私に覚悟が足りていなかったんだ。

過去のあり得ない話を聞いても、どこかで『結婚したと聞いたら、いくら安藤さんでもすんなり身を引いてくれるんじゃないか』と思っていた。

「あの黒い車は安藤さんの命令で私を見張っていたんでしょうか」

「わからない」

「私も、京香さんみたいに、嫌がらせされるんでしょうか」

どの程度の嫌がらせをされたのか詳しくは知らない。

でも今日みたいに車でつけられると、轢《ひ》かれたり連れ去られたりするのではないかと怖くなってしまう。

考えれば考えるほど、どんどん恐怖がにじみ出てくる。京香さんもお兄さんも、こんな怖さに耐えてきたのか。

「怖いです。どうしたらいいのかわからない」

頭を抱えた私を、ふわりと温かいものが包み込んだ。

手をおろして見上げると、すぐそこに圭吾さんの顔があった。

眉を下げて私を見つめる彼は、病院でのクールな彼とはまったくの別人。

「俺が必ず、きみを守る」

ぎゅっと強い力で抱きしめられ、彼の顔が見えなくなる。

お互いの胸が重なり、どちらのものともわからぬ鼓動が響く。

「だから、まだ俺の妻でいてくれ。俺にきみを守らせて」

「圭吾さん……」

するりと首にすり寄るように顔を寄せられ、思わず背が震える。

彼の鼻が私の鼻に接触する。長い睫毛が刺さりそうに感じて目を閉じると、唇に柔らかいものが触れた。

びっくりして目を見開くと、圭吾さんの顔が離れていく。

今、キスされた……。

「ど、ど、どうして」

私と彼は、偽の夫婦のはず。

付き合ってもいないのに、唇にキスするなんて。

そう思うのに、激しくなった鼓動の勢いが止まらない。

「千葉に言いつけるか？」

ソファに座った私を腕で拘束したまま、そんなことを聞いてくる。

「どうして千葉くんが出てくるんですか」

謎だ。意味がわからない。

「だってきみは千葉のことが好きなんだろ。俺といるときよりリラックスしているじゃないか」

至極マジメな表情で大ボケをかます圭吾さん。私はあんぐりと口を開けた。

「リラックスって、それは千葉くんがただの同期だからですよ。異性として意識してないから楽なだけで」

「そうなのか？」

もしやバルで会ったときに勘違いされたのかも。

千葉くんも酔っていたし、お互いに気を許し合っていると思われたんだろう。

そういえばお寿司屋さんの帰りでも、千葉くんの話題が出た。

やたらと千葉くんを意識するなあと思っていたら、そういうことだったのか。

「違います。他に好きな人がいるなら、契約結婚なんてできないでしょ」

「たしかに。七海はそういうことができるような人間じゃないか」

言われて初めて理解したみたいな顔をしている。

ほとんどの人は、好きな人がいるのに別の人と契約結婚なんてしない。

私よりよっぽど頭がいいはずなのに、どうしてそんなことがわからないんだろう。

「私の好きな人は、圭吾さんなのに……」

ぽろっと零れた言葉に、彼は目を見張った。

少しの沈黙のあと、彼は私を真っ直ぐに見つめる。

「それなら、もう遠慮しない」

圭吾さんはソファに私を押し倒す。
少し緩やかになった鼓動が再び激しくリズムを刻む。
「きみがほしい」
囁いた圭吾さんが、覆い被さってくる。
「俺と結婚してよかったと思わせるから、覚悟して」
熱い息が耳朶にかかり、体が震えた。
圭吾さんの気持ちがわからない。
どうして、たかが契約で結婚しただけの私を、本当に愛しい人みたいに扱うの？
彼は幾度も私に優しくキスをする。
それは魔法みたいに体の力を抜いていく。
彼に身を任せるように脱力した私に気をよくしたのか、彼の口づけが激しくなる。
服の中に彼の手が入ってきて、私の素肌に触れた。
難しいオペも神速でこなす指が、器用に私の弱いところを探る。
こんなの、ダメなのに……。
いつかは離婚することが決まっている。
あなたの身体を覚えたら、つらくなるだけなのに。けれどどうしても、押しのけることができない。
嫌悪感も恐怖もない。ただあなたを感じていたいと、本能が叫んでいる。
私は理性を手放し、裸の彼の背中を抱きしめた。

【本気のプロポーズ】

体がだるい……。

まるで高熱が出たあとのような倦怠感に揺り起こされる。

なんとか瞼を開けると、目前に圭吾さんの寝顔があった。

長い睫毛。高い鼻が私の鼻先を掠《かす》める。

そして彼は、なにも着ていない。

「はっ‼」

驚いて出した声に気づき、圭吾さんの瞼が開く。

「おはよう」

彼は私を気遣うように微笑んでいる。

どうして圭吾さんと一緒のベッドで寝ているんだっけ？

えっと……夜勤明けに不審な車に尾行されて、怖かったから圭吾さんに迎えに来てもらって、そのあと……。

ゆっくりと頭が覚醒し、急に記憶がよみがえった。

そうだ。私、圭吾さんに抱かれてしまったんだ。

気づけば自分も裸だった。抱き合ったまま眠ってしまったらしい。

「酔った勢いで知らない男と一夜を共にした、みたいな顔してる」

圭吾さんは私の顔を愛おしそうに見つめ、前髪を指先で弄《もてあそ》ぶ。

顔が熱い。きっと、リンゴみたいに真っ赤になっていることだろう。

「かわいい」

囁いた彼が、私の唇をついばむ。

それだけで恋愛未経験の私にはキャパオーバー。

ショートした電化製品のように思考停止してしまった私の隣で、圭吾さんが起き上がった。

「七海は今日休みだよな」

夜勤明けの次の日は休みのことが多い。

「ひゃい」

テンパりすぎていて、おかしな返事になってしまった。

「ゆっくり休んでいろ。初めてだったのに頑張って、疲れただろ」

が、が、頑張った……？

昨夜のことを詳しく思い出すとますますショートしそうなので、強引に記憶をシャットダウンする。

私は無言で、布団の中にもぐり込んだ。

「はは。行ってきます」

布団越しに私の背中をぽんぽん叩き、彼は部屋から出ていった。

ああ、やっちゃった……やっちゃったよう……。

今までの私なら、付き合ってもない人と寝るなんてこと、絶対するまいと思っていたのに。

雰囲気に流されて男女の関係になっちゃったけど、告白されたわけじゃない。

離婚前提の契約結婚なのに、こんなのいいんだろうか。

だって、今日にも安藤さんが圭吾さんのことをあきらめたと言ったら？

すぐに〝はいさようなら、離婚です〟となったら、私立ち直れるかな。

ずーんと沈みそうになり、ぶんぶんと顔を振る。

いけないいけない。暗いほうに思い込んでばかりいると、私まで安藤さんみたいになっちゃう。

ダメだ。考えるな。とりあえず寝よう。

そう思ってぎゅっと瞼を閉じる。

夜勤から溜まった疲れが出たのか、私はすぐに気を失うように眠りに落ちた。


翌朝、私は圭吾さんと共に病院へ向かうことにした。

「お弁当作らなくて、本当によかったんですか？」

一緒に出勤できるのは、ふたりとも日勤のときだけ。私が夜勤だったり、圭吾さんが当直だったりでひとりのときは、必ずタクシーで通勤している。安藤さんに結婚相手だとバレてから、自衛のためにそうすることにしたのだ。

「今日は外来だから。合間にオペ室に行ったりなんだり……たぶん食べる暇がない」

「そうですか……もし時間ができたら、ちゃんと食べてくださいね」

「ああ」

そう言って彼は笑うが、たぶん適当に済ませるのだろう。

患者のために一生懸命なところは尊敬しているけど、もう少し自分の身体を労わってほしい。

「じゃあ、頑張って」

「圭吾さんも」

私たちは駐車場で手を振って別れた。

なんだか、本当の夫婦みたい。

誰かが見ているかもしれないけど、気にしないでおこう。

私は圭吾さんが好き。この想いはもう隠しきれない。

制服に着替えて病棟に着くと、いきなり師長に呼ばれた。

「安藤さんがあなたを担当につけろってきかないの。またトラブルになるといけないからお断りしたんだけど、聞かなくて」

師長は額を押さえてため息をつく。

「そうですか」

「そろそろ笠原先生も交えて、三人で話をしてもらえる?」

「わかりました。ご迷惑おかけしてすみません」

もう迷うことはない。

むしろ、すぐにそうするべきだったのかもしれない。

圭吾さんのためだけでなく、病院のためにも、次の患者のためにも、早く安藤さんには退院してもらわなきゃ。

たとえそれで私たちが離婚することになっても。

そうなったら、私のほうから圭吾さんに言うんだ。

今度は、恋愛から始めさせてくださいって。

「なんとかします」

決意した私を見て、師長はうなずいた。

圭吾さんの都合がつき次第話し合おうということになったが、いかんせん圭吾さんは午前も午後も外来がある。

病院の看板ドクターである彼の外来は予約でいっぱいで、その間に紹介状を持ってきた初診の患者も入る。

他の先生の倍の患者をひとりひとり丁寧に診るものだから、圭吾さんの外来はなかなか終わらないことで有名だ。午前の患者が終わったと思ったら、すでに午後診察の時間になっていることもザラらしい。

そして今日も、そのような日みたいだ。

担当なのに一度も顔を見せないわけにもいかず、頭を悩ませる。

すると、とうとう昼近くになって特別室からナースコールが鳴った。

「私が行くわ」

師長が私の代わりに特別室へ向かう。

ナースステーションにいた他の看護師たちも、心配そうに師長を見ていた。

「最近、安藤さんすごく荒れてたのよ。本当に嫌になっちゃう」

主任がうんざりした顔で言う。

「ご迷惑をおかけしてすみません」

「槇さんが謝ることじゃないでしょ。結婚はおめでたいことよ」

「そうそう。おかしいのは安藤さんだし」

主任に交じって先輩が口を挟む。

「ただ、なにも話してもらえなかったのは寂しかったけどな」

千葉くんまで出てくる。

主任たちも同意するように深くうなずいた。

「私たちは基本的に槇さんの味方だから。謝らなくていいから、笠原先生とどのようして結婚に至ったのか、詳しく教えて」

「えっ」

「それ、私も知りたーい」

いつもの和やかな雰囲気が戻りかけたナースステーションに、師長の声が響く。

「あなたたちは何度言えばわかるんですか」

静かになったみんなの顔を見回して、師長は言った。

「安藤さん、退院するそうよ」

「えっ」

絶対に自分から退院するとは言わなさそうだったので、みんなが驚く。

「毎日笠原先生が説得していたものね。やっとわかってくれたみたい」

師長は安堵の表情を浮かべる。

圭吾さんの説得に応じてくれたのか。さすがに相手が結婚しているとなったら、そこから振り向かせるのはかなり難しいものね。

これは彼の契約結婚作戦の勝利と言っていいだろう。

「じゃあ、すぐに会計を出します」

事務員さんがやる気満々で袖をまくる。

会計は入院中のお金を全部計算して明細書を出すので、公費や福祉、高額医療限度額制度などを使っている患者だと、けっこう時間がかかる。

しかし安藤さんはそもそも治療の必要がなかったため、それほど時間はかからないらしい。保険も普通の健康保険だけ。

「部屋代と食事代だけで五十万は超えますね」

さらっと言う事務員さんの声に震えた。

私がもし入院するなら、絶対に無料の四人部屋だな……なんて余計なことを考えてしまう。

「お願いね。持ち帰るお薬はなし。主任、荷物の片付けを手伝って」

「はい」

私が担当のはずだが、師長は主任に退院処理を依頼した。ここでむやみに刺激して、安藤さんの気が変わったら困るからだろう。

結局主任と担当を代わり、私は主任の受け持ち患者の看護に集中することに。

ひとりの点滴を換えて部屋を出ると、ちょうど廊下で安藤さんが帰るところに鉢合わせてしまった。

安藤さんはシンプルなグレーのトップスに黒のパンツという格好で普通に歩いており、旅行で使うようなおしゃれなスーツケースを引いていた。

その横を紙袋に入れた残りの荷物を持った主任が歩いている。

挨拶をするべきか迷ったけど、主任が首を横に振り、視線で『なにも話すな』と言っている。

しかし身を隠す間もなく、安藤さんがこちらに気づいた。

目が合い、身を固くしてしまう私とは反対に、安藤さんはうつろな目で私を見て近づいてくる。

「槙さん、あなたを担当に指名したのに、どうして来てくれなかったの」

そもそも担当の看護師を指名すること自体が間違っているのだけど、この場を穏やかに切り抜けるために私は素直に頭を下げた。

「すみませんでした」

「どうせ私に会いたくなかったんでしょ」

安藤さんは真夜中に私の腕をつかんだことを覚えているのかな。あれは怖かった。しかも探偵に私のことを調べさせたりまでして。

自分に恐怖を与える人に会いたいとか仲良くしたい人って、この世に何人くらいいるんだろう。

しかし素直にうなずくわけにもいかず、私はただうつむくしかない。

相手は患者だ。この人は怪我は完治しているけど、心が病んでいる。

「あなたたちが望む通り、退院してあげる。これで満足でしょう」

「そんな……」

「いい看護師のフリをして、バカな患者のことを笑っていたのよね」

安藤さんが詰め寄ってくる。

不穏な空気を察し、師長と主任、そして千葉くんが私たちを取り囲んだ。

しかし安藤さんはこの前みたいにつかみかかってくるでもなく、すっと後ろに引いた。

「がっかりしたわ。いい看護師だと思っていたのに」

それだけ言って安藤さんは踵を返し、師長と主任に左右を挟まれて、静かに病棟の出口へ向かっていった。

「がっかりってなんだよなあ。人の旦那にちょっかいかけといて、よく言うよ」

安藤さんの姿が病棟から完全に消えたのを見届けてから、千葉くんが口を尖らせた。

「うん……」

上手に返事ができない。

安藤さんの『がっかりした』という言葉が、私の胸にグッサリ刺さっていた。

患者にそんなことを言われたのは初めてだ。

ただの人同士のケンカならなんとも思わないけど、患者に言われるとずっしりくる。

「なんだよ、気にするなよ」

ショック状態の私を察したのか、千葉くんが慰めてくれる。

圭吾さんと結婚したのは自分だということをもっと早く彼女に言えばよかったのかもしれない。

でも言えなかった。あきらめさせるための契約結婚だったのに、なにを言っても嘘になる罪悪感に耐えられなかった。

「どうせもっと早く話をしたって、結局揉めるんだから」

「たしかに」

「あんなの交通事故に遭ったようなもんだよ。さっさと忘れよう」

千葉くんが私を励ますように、肩をぽんと叩く。

看護って難しいなあ。

ひとりひとりの患者に寄り添いたいと思ってやっていることも、ただの自己満足なのかもしれない。

「そうだね。終わったことだし」

今回は特殊すぎるケースだった。だから考えても仕方ない。

私はこれからも、私らしく看護をしていくだけだ。

患者に〝裏切られた〟と思われないよう、精一杯やっていこう。

安藤さんもいろいろ考えて、このままではらちが明かないし、自分もしあわせになれないと気づいたのかもしれない。

でも素直じゃないから、なにも悪態をつかずに帰ることができなかったんだ。

自分が負けたと、素直に認められない人だから。

これから彼女は、やっと自分の人生を歩ける。そのはずだ。

そうだと信じて、私は仕事に戻った。


日勤後、スマホを見ると圭吾さんからのメッセージが入っていた。

珍しく定時で仕事が終わり、ただいま午後五時。圭吾さんのメッセージはその五分前に入っている。

『もう少し仕事を片付けてから帰る。七海はタクシーで先に帰っておいて』

まだ仕事があるらしい。そういえば、今朝も車の中で、明日のオペの準備や紹介状の作成など、たんまり仕事があるって言っていたっけ。

「タクシーかあ」

黒い車にあとをつけられてから、ひとりで出歩かないように圭吾さんに強く言われている。

でも、安藤さんが退院したのに、まだタクシーが必要だろうか。

退院イコール身を引いた、とは限らない。昼間の口ぶりからは判断がつきかねる。

「ねえ千葉くん、終わりそう？」

ナースステーションで隣の席に座っていた千葉くんに声をかける。

「いやーごめん。もう少しかかりそう」

「だよねえ」

今日は安藤さんのことがあり、私の受け持ち患者はみんなより少なかった。

手伝えることは手伝ったけど、そろそろみんな記録を書く段階みたい。それは担当の看護師が書かなくてはならない。

周りの雰囲気を見るに、同じタイミングで帰れる看護師はいなさそう。かといって圭吾さんを待つのもプレッシャーになってしまう。

「じゃあ、お先に失礼します」

そそくさと片づけをし、私服に着替えて病院の外に出たら、タクシー乗り場には患者やその家族などで列ができていた。これは時間がかかりそう。

まだギリギリ外は明るいし、きっとひとりでも大丈夫だよね。

私は電車で帰ることにし、駅に向かった。

問題は最寄駅から家までの道のりだ。そこだけタクシーを使おうかとも考えたけど、途中で買い物をしていくために歩くことにした。

『いい看護師だと思っていたのに』

『がっかりしたわ』

スーパーで野菜を見ていても、大好きなお菓子を見ていても、安藤さんの声がふっとよみがえる。

気にしちゃいけないと思うけれど、どうしても胸に引っかかって消えない。

私がやってきたことって、偽善にすぎないのかな。安藤さん以外のほかの患者に対しても。

今まで〝患者のために〟とやってきたつもりだけど、実はいい看護師のフリをしていただけなのかもしれない。

ああ、また考えすぎちゃう。千葉くんの言う通り、忘れよう。

夕飯の材料をスーパーで買い、支払いを済ませ、外に出る。

スーパーは大きな道沿いにあるが、家に帰るためには少し静かな道を歩かねばならない。

まったく車や人が通らないわけではないので大丈夫だと自分に言い聞かせる。

早歩きしていると、どこからかうめき声が聞こえた。

「うう〜ん」

ドキッとした。もしや幽霊？　若そうな女の人の声だ。

きょろきょろ見回すと、後ろを歩いていた女の人がお腹を押さえてうずくまる。

「あの、大丈夫ですか」

「うう〜、ううっん」

二十代前半に見える金髪の彼女は、言葉にならないうめき声で応える。

ただごとではなさそう。

「私は看護師です。救急車呼びましょうか？」

「それは、いい」

「えと、じゃあ妊娠してますか」

金髪の彼女はフルフルと首を振り、下腹部をさする。

「生理痛で……お腹がすごく痛くて……」

「そうなんですね」

生理痛でもうずくまるほど痛いなら、一刻も早く受診するに限る。

「すぐそこが家、だから、帰りたいです」

「近くなんですか？」

「はい」

話したあと、彼女は息を吐く。

「いつも薬を飲めば治るの。その薬が家にあって……途中まで手を貸してもらえませんか？」

言葉がしっかりしてきた。少し痛みがおさまってきたのかもしれない。

「もちろんです。家まで送っていきますから頑張って」

肩を貸すと、彼女はふらふらと歩きだす。

痩せていて頼りない。かけられる体重が軽いことだけが幸いだ。

うん、これくらいならなんとかなりそう。

大きな道から細い道に入って、彼女の言う通りに歩く。

すると、いきなり金髪の彼女が私の腕をぐいと強く引っ張った。

「えっ、えっ？」

嘘のようにしっかりとした足取りで、並んでいる住宅のほうではなく、真っ暗な公園に引っ張られていく。

「あの、どうしました？」

明らかにおかしい。楽になったんだとしても、私を引っ張る意味がわからない。

この人、なにが目的なの？

手を振り払おうとするけれど、彼女の力のほうが強く、それはできなかった。

公園の中央まで連れてこられたと思ったら、今度はどんと突き飛ばされる。

「バーカ！」

よろけて尻もちをついた私をあざ笑うように捨て台詞を吐き、金髪の女性は走り去っていった。

「へ……？」

尻もちをついたまま呆然とする。

今のなんだったの。

もしや新手の物取りかと思ったけど、リュックは私の背にしっかりある。スーパーで買った食材も、傍らに転がっていた。なにも取られていない。

混乱しながらもスーパーの袋を拾って立ち上がろうとすると、ザッザッと複数の足音が聞こえて我に返る。

気づけば、私は見知らぬ男性数人に囲まれていた。全員黒っぽい服装をしており、メガネや帽子で顔がよく見えない。

ざあっと血の気が引いていく。

これは、ただごとではない。

「ほんと、バカな子ね」

聞き覚えのある声がして、慌てて立ち上がる。

私の前に立つ男の後ろから現れたのは、長い髪をなびかせた安藤さんだった。

病室でしていた質素な姿とは完全に別人。

半袖カットソーの上からカーディガンを肩にかけ、フレアスカートとヒールを身につけている。そして巻き髪に揺れるピアス。

きれいで、他人に守られることを前提としたような服装。生まれながらの育ちのよさがにじみ出ている。私とは違う。

「今自分がどういう状況か、わかる？」

腕組みをして聞いてくる偉そうな態度に、私は心底後悔した。

この人を裏切ってしまったと悩んでいた自分がバカみたいだ。

「私を脅して、離婚させようっていうんでしょう」

ズバリ言ってやると、安藤さんはふんと鼻を鳴らす。

「本当にかわいくない子。虚勢を張っていられるのも今のうちなんだから」

図星だったようだ。

じりじりと男たちの包囲網が狭まってくる。

「私の死体が発見されたら、絶対にあなたが疑われますよ」

「殺したりしないわよ。死ぬよりつらい目に遭わせてあげる。二度と圭吾に近づけないようにね」

耳を澄ませると、男たちのマスクの中からハアハアと荒い息が聞こえてくる。

飢えた獣のような息遣いに鳥肌が立つ。

同じ女性なのに、そういう発想に行きつくところが理解できない。

いや、同じ女性だからこそ、相手に大きなダメージを与える方法としてこれを選び、人を集めたのか。

「あなた絶対に友達いないでしょう」

とにかく人として理解できない。気持ち悪い。

一瞬でも、彼女をがっかりさせたことに罪悪感を持った自分を叱りたい。

図星だったのか、安藤さんは顔を真っ赤にして憤慨した。

「うるさいわね！　二度とそんな口きけないようにしてやるわ！」

悪い魔女みたいな台詞を吐き、そばにいた男の背中を叩く安藤さん。

いけない、刺激してしまった。

男たちは待ってましたとばかり、私に襲いかかろうとする。そのとき。

「やめろ！」

凛とした男性の声が夜空に響く。

私を取り囲んでいた悪い男たちはビクッと動きを止めた。

「俺の妻に触れるな」

みんながそちらを向くと、公園の入り口に圭吾さんが立っていた。

隣には千葉くんまでいて、スマホをこちらに向けている。

「今のやり取りは全部録画しました。もちろん通報もしてあります」

千葉くんが言うと、男たちが顔を見合わせてあとずさる。

さっきの金髪の女性も、この男たちも、ネットかなにかで適当に集められた人たちなんだろう。

楽して金を稼げると思って来たのに、警察に捕まっちゃたまらない——そんなことを口々に言いながら、男たちはそそくさと逃げていく。

「ちょっと、待ちなさいよ。前払いしたんだから、そのぶん働きなさい！」

そんな命令に従う者などおらず、公園にはあっという間に私たち四人しかいなくなった。

「大丈夫か、七海」

「は、はい。無傷です」

「よかった」

彼は人目もはばからず、私を強く抱きしめた。

「圭吾さん……」

彼が来てくれなかったら、どうなっていただろう。

今さら想像して寒気がした。

私は彼の背をぎゅっと抱き返す。

「圭吾、どうしてここに」

安藤さんが青い顔で言う。

圭吾さんはゆっくりと腕を緩め、私を守るように前に立った。

「きみが七海を監視していたように、こちらも気をつけていたんだ」

圭吾さんの視線の先には、スマホをしまう千葉くん。

「槙がひとりで帰るようだったから、一応笠原先生に連絡したんだ。なんだか胸騒ぎがしてさ」

「そうなの?」

「連絡をもらった俺も嫌な予感がして、すぐに仕事を抜けてタクシー乗り場へ向かおうとした。そこで退勤するオペ室の看護師に会って、きみが駅のほうへ歩いていくのを見たと教えてくれたんだ」

なんという奇跡。千葉くんの胸騒ぎ、圭吾さんの嫌な予感、そして目撃者の看護師。

「俺は車で自宅方面へ、千葉にはタクシーで最寄り駅へ向かってもらい、きみを探すことにした」

「病院の前で連れ去られなくてよかったよ。俺が槙を見つけたときには、金髪の人と一緒にいたんだ。先生に連絡しながら追いかけてたら、雲行きが怪しくなってきて」

「そしてついさっき、合流できたんだ。千葉のナイスプレーのおかげだな」

圭吾さんに褒められ、千葉くんは誇らしげな顔をしている。

私がタクシーで帰らなかったせいで千葉くんを巻き込んでしまった。悪いことしたな。

それに、圭吾さんもまだ仕事がいっぱいあるはずなのに、病院を抜け出して。私、なにしているんだろう。油断しすぎだよ。

「ごめんなさい」

「きみが謝ることじゃない。少々危険だったけど、そのおかげで現場を押さえることができた」

圭吾さんが私の手を握り、安藤さんをにらみつける。

彼女は他の人のように逃げたりせず、ひとりたたずんでいた。

「きみが兄の恋人……今は奥さんか。彼女に嫌がらせしていたことを、俺や両親が知らないと思うのか。今回のことも含め、訴えさせてもらう」

「訴える？　証拠でもあるの？」

彼女はじっと圭吾さんを見る。

「いろいろあるよ。うまいことやったつもりだろうけど、しょせん素人のやることだ」

安藤さんが京香さんやお兄さんになにをしたか、具体的には知らない。が、おそらく陰険な嫌がらせをしたんだろう。

圭吾さんが冷たく言い放つと、安藤さんの顔に狼狽の色が表れる。

「どうしてそこまで、私を拒絶するのよ。私と結婚すれば、病院のためになるのに」

安藤家と懇意になれば、今よりいい条件で医療機器を仕入れることができると言いたいのだろう。

「それだけのために、自分の心を売ることはできない」

「な……」

「俺は七海を愛している」

圭吾さんは真っ直ぐ前を向き、はっきりと言った。

心臓が跳ね、呼吸が止まりそうになる。

「七海のような周囲を思いやれる、一生懸命な人間が、俺は好きだ」

全身が熱くなる。

これは安藤さんに手を引かせるための演技なのだろうか。

それにしては熱がこもっている。

ああ、彼の言葉が本当だったらどんなにいいだろう。

「私はそうじゃないって言うの？　私だって、家のために尽くしているのに」

安藤さんの顔が般若《はんにゃ》のようになっていく。

一生懸命自分を正当化しようとしている彼女の言葉は、誰の心も動かすことはできない。

「きみはそのために、俺の大事な人を不幸にしようとする。七海だったら、どうやって俺と一緒にしあわせになるか考えてくれる」

「そんなの、私だって」

言い返す安藤さんに、圭吾さんは首を横に振って答えた。

「俺のしあわせは、病院の経営状況をよりよくすることじゃない」

自分の一番の武器は実家の力だと、安藤さん自身も思っているのだろう。それ以外に相手をしあわせにする方法を彼女は知らないのかもしれない。

安藤さんは自分を否定されたくなくて、誰かに認めてほしいという思いが強すぎる。その考えが一番にある以上、自分以上に誰かを愛することは難しい。

「病院のことなんてどうでもいいの？　自分勝手な人ね」

「はは、きみに言われるとはね。でもその通りだよ」

乾いた笑いは、自虐的に響く。

そんなことない。あなたは自分勝手なんかじゃない。

そう訴えたくて彼の裾をつかむと、彼は振り向いて私を安心させるように微笑む。

圭吾さんは優しい。

だからお兄さんの代わりに自分が安藤さんの怨念を引き受けていたんだ。

「考え直して。その子はお金に困っているのよ。あなたの財産目当てで一緒にいるのかもしれないわよ」

「それでも構わないよ。彼女が喜んでくれるなら、財産なんていくらでも差し出すさ」

迷いなく答える圭吾さんの言葉に、いちいちドキドキさせられる。

「どうして、どうしてよ。圭吾ならわかってくれるでしょ。私はあなたたち兄弟のどちらかと結婚するように、両親に言いつけられているのよ」

「他の男を見つけてくれ。きみが本当に好きになって、一緒にいてしあわせになれる人を」

それができれば、一番いい。

両親が医者しか認めないと言うのなら、他のお医者さんとお見合いすればいい。

その中で、安藤さんが本当に好きになれそうな人を見つけるんだ。

しかし安藤さんは首を縦には振らない。

「笠原家がいいの。できなかったら、居場所がなくなるの」

ダメだ、話が通じない。

圭吾さんはため息をつき、決然と言った。

「それには同情するが、俺の大事な人を何人も傷つけたことは絶対に許さない」

強い視線で射抜かれ、完全に拒絶された安藤さんの目に涙が溢れる。

「もう家に帰れないわ」

ぽろぽろと泣く安藤さんは、まるで子供だった。

きっと幼い頃から、両親のいいなりになって過ごしてきたのだろう。そうするしかなかったのだ。

「……今、うちの両親が、きみの両親に話をしてくれている。きみが家に帰れるように」

私と千葉くんは顔を見合わせた。

圭吾さんの両親といえば、うちの病院の院長と副院長だ。仕事で海外に行っていたが、帰国したのか。

「やめてよ。私の失敗を言いつけるのね」

「違う。俺には愛する人がいるからきみとは結婚できない。けれど、そちらさえよければ取引は今まで通りさせてもらう。嫌なら取引をやめるから、もううちに関わらないでほしい。そういう話だ」

「余計なことしないでよ！　また私が責められる！　役立たずだって、めちゃくちゃに言われるのよ」

取り乱し、泣き叫ぶ安藤さん。

彼女が今までご両親とどのように接してきたのかはわからない。

全部が彼女の被害妄想ということもあり得る。

けれど実際にご両親が彼女を取引の材料としてしか見ておらず、圭吾さんとの結婚を強要していたというのなら、気の毒な話だと思った。

平安時代じゃないんだから、女性だって自由に生きるべきだ。

「菜美恵、治療をしよう。きみの心の治療を」

「誰も私の味方なんてしてくれない。私をおかしいと思ってる」

「きみは病気なんだ。心が疲れて病気になったんだよ。治療すればよくなる。ちゃんと診察を受けよう」

圭吾さんの言葉が優しく聞こえる。

私なら自分の大事な人を傷つけた相手に、情けをかけることなんてできないかもしれない。

けれど安藤さんは泣きじゃくって支離滅裂なことをわあわあ騒いでいる。まともな返事は期待できそうにない。

さてどうしようかとみんなで顔を見合わせたとき、まばゆい光が公園に近づいてきた。車のライトだ。

そういえば、通報したっていうのはハッタリだったのかな。いつまで経ってもパトカーは来ないし。

じゃあ、誰の車だろう。

ドアの閉まる音が聞こえ、誰かが近づいてきた。

「お嬢様」

お、お嬢様？

近づいてきたのは、細身の中年男性だった。安藤家のお手伝いさんなのか、スーツを着ている。

「帰りましょう、お嬢様」

安藤さんを羽交い絞めするように、男性は彼女を車へ連れていこうとする。

「笠原様、この度は申し訳ございません。失礼いたします」

「放しなさいよ。放せったら！」

暴れる安藤さんを押さえに、次々に車の中からスーツの姿の人が飛び出してきた。

こんなに安藤さんのために動いてくれる人がいるなんて。彼女の実家の力を目の当たりにして唖然《あぜん》とする。

「ここは我々に任せて。行ってください」

そう言われ、私たちはその場を離れることにした。

背を向けた私たちに、耳を塞ぎたくなるような暴言が聞こえてくる。

「聞くな。もう俺たちにできることはない。あとは任せよう」

圭吾さんが私の背中を押すようにして言う。

私と千葉くんはうなずくしかできず、安藤さんの悲鳴みたいな怒声を聞きながらその場から離れた。

「送っていこうか、千葉」

近くに停めてあった車のそばで圭吾さんが提案すると、千葉くんの返事の前に安藤さんの声が微かに聞こえてくる。

「いえ……早く帰って休んでください。俺でもメンタルやられそうなんで」

千葉くんは当事者である私たちに気を遣ってくれているようだ。

「ああ、巻き込んですまない。助かったよ」

安藤さんの取り乱した姿を初めて目の当たりにした千葉くんは、暗い表情をしていた。

彼女と三年以上関わってきた圭吾さんのこれまでを思うとつらくなるけれど、でもこれで、彼もお兄さんも楽になると信じたい。

千葉くんを見送り、私たちは車に乗り込む。

安藤さんがどうなったかは気になるけど、公園には戻らずに家に向かう。

「これで終わったんでしょうか」

「おそらくな」

会話が途切れる。

私は助手席で、いつ離婚を切り出されるかとハラハラしている。

嫌だ。離婚したくない。

でも、安藤さんが圭吾さんをあきらめたら離婚するという契約だ。

「七海」

「はいっ」

考え事をしていたので、名前を呼ばれただけでびっくりしてしまった。

「さっき俺が言ったこと、嘘じゃないから」

「え?」

いろいろなことを話していたから、いったいどのフレーズのことかすぐにはわからない。

そんな私を茶化すでもなく、圭吾さんはさらっと言った。

「俺は七海を愛している。その他も全部本音だから」

運転をしている彼は進行方向を向いていて、表情がよくわからない。

それでもその言葉だけで、私の胸は高鳴りはじめる。

――愛している。

その台詞を彼の口から聞けるとは思っていなかった。

本当だった。安藤さんをあきらめさせるための嘘じゃなかった。

高鳴った胸が溶けそうなくらいに熱くなる。

「感想は？」

黙っていた私に、彼が聞く。

「うれしいです。でも、圭吾さんみたいな人が私のどこを気に入ったのか、謎です」

大病院の御曹司で腕利き外科医である圭吾さんと、どこにでもいる看護師の私。

どう考えても釣り合っていない。

自分のどこがそんなに気に入ってもらえたのか、今世紀最大の謎だ。

彼の横顔は、穏やかに笑っているように見えた。

自宅の玄関に入ると、やっと心から安堵できた。

安藤さんと対峙しているときはなんとか自分を保っていられたけど、解決して安全な場所に来た途端、心の鎧《よろい》が緩む。

「はあ……」

その場でしゃがみ込みそうになった私を、背後から圭吾さんが支えてくれた。

「大丈夫か」

「はい、安心したら力が抜けちゃって」

圭吾さんの腕の中で振り返ると、視線がかち合う。そのまま近づいてくる唇を拒む理由はもうない。

目を閉じると、圭吾さんの唇がそっと重ねられた。

まだ靴も履いたまま、私たちはお互いのぬくもりを感じ合う。

やっと彼が離れていって目を開けると、濡れた唇が目に入った。

あまりのセクシーさに、昂っていた鼓動がますます激しくなる。

彼はなにも言わず、私の体を抱き上げた。

海辺でされたのと同じ、お姫様抱っこ。私も今回は黙って彼にしがみつく。

圭吾さんは私を自分の寝室に連れていった。

常夜灯だけがつけられた薄暗い部屋で、私は彼のベッドにそっと降ろされた。上から彼が手で囲うようにしてのぞき込んでいる。

「やっと俺のものにできた」

待ちかねていたように、頬や額、唇へとキスをする圭吾さん。

「愛してる。きみが好きだ」

大きな手で熱くなった頬を包まれる。

「患者に誠実なところ、優しいところ、俺を叱ってくれるところ、初心《うぶ》なところ、全部が好きだ」

「圭吾さん……」

さっき私が、『圭吾さんみたいな人が私のどこを気に入ったのか、謎です』と言ったからだろう。

低い声で言い聞かせられて、じわりと涙がにじむ。

彼はずっと、私のことを見ていてくれたんだ。

「私も、圭吾さんのことがずっと好きでした」

きっと、彼よりも早い段階から、私は圭吾さんのことが好きだった。

圭吾さんの好きなところを挙げていったほうがいいのかと思っていたら、彼に唇を塞がれた。

キスをされながら、彼に身を任せる。

やっと本当の夫婦になれる。

もう誰かに罪悪感を抱くことも、騙すこともしなくていい。

私たちは自信を持って、お互いを愛し合える。

熱くなった圭吾さんのすべてを、私は全身で受け止めた。


一週間後。

私たちは圭吾さんのご両親に挨拶に行くことに。

意外にも「圭吾の選んだ人なら」と私を歓迎してくれたご両親。

病院で見かけたことがあるけれど、言葉を交わすのは初めてだったので、ありがたさで肩の力が抜けた。

両家顔合わせの日程や、結婚式をどうするかなど、まだまだ決めることがたくさんある。

本当の結婚の大変さが身に染みた頃、圭吾さんからデートに誘われた。

行先は、最初にデートをした海辺の街。

お兄さんにも安藤さんの件が解決したことを報告したいという彼に異論はなかった。

「でも、これは聞いてなかったです」

海辺に着くなり見たこともないクルーザーに乗せられ、今私は海の上にいる。

「風が気持ちいいだろ」

なんと彼は、この大きなクルーザーを貸し切りにしてくれたのだ。

本来なら数十名が乗れるクルーザーに、今は私と圭吾さんのふたりきり。

デッキで風にさらわれた前髪をかきあげる彼の姿がセクシーで、見惚れてしまう。

「本当ですね」

異動して圭吾さんと再会してから時が過ぎ、ずいぶん暖かくなった。こうして風に吹かれていても、寒さは感じない。

潮の香りを吸い込んでいると、体に染み込んだ病棟のにおいが浄化されていくようだ。

クルーザーに乗ったまま、私たちは近くにある洞窟へ。

洞窟はハチの巣状になっており、クルーザーはそっとその中に入っていく。

すると、頭上にぽっかりと大きな穴が開いたかのようなスポットに差しかかった。

天窓のような穴から伸びる光の帯に照らされた海面は、深い青色をしていた。まるでブルーサファイヤのよう。

「素敵……」

「異世界みたいだな」

幻想的な景色に見惚れていると、世界に私たちふたりしかいないような錯覚に陥る。

静かな空間で、私たちは言葉もなく寄り添った。

自然の景色を堪能したあとは、お兄さんの家へ向かう。

「おめでとう圭吾！」

「たくさん食べていってね」

安藤さんのことが解決したと知ったお兄さんたちはとても喜んでくれて、ピザやお寿司などを振る舞ってくれた。

「もっと早く予定を教えてくれたら、手料理をごちそうしたのに」

京香さんはそう言ったけど、乳児の世話をしながらおもてなし料理なんてどれだけ大変なことか。圭吾さんも気を遣わないでほしいと言っていた。

「少し行ったところに、素敵なお店がたくさんあるの。七海ちゃん好きかしら」

私を七海ちゃんと呼んでくれるようになった京香さんの提案で、私たちは一緒に買い物に行くことにした。

通りの左右にずらっとおしゃれなお店が並んでいるそこは、私のような庶民には少しハードルが高い。

「圭吾さん、七海ちゃんはこんなの似合いそうじゃない？」

とあるセレクトショップで、京香さんがワンピースを選んでくれた。全身から気品とセンスが溢れているような彼女と一緒に買い物をしていると、だんだん買い物欲が湧いてくる。

ノリノリで京香さんが選んでくれたものの値札を見たのだけど……びっくりした。ワンピース一着で八万円。

「うん、かわいい。義姉さんはセンスあるな。もっといろいろ選んでくれ」

「いいわよいいわよ。靴やバッグもいるわね。あっちにかわいいアクセサリーもあるの」

圭吾さんは京香さんにすすめられたもののすべてを私に買い与える。私が止めても聞かない。

「こんなのいいんでしょうか。私、甘やかされすぎてません？」

試着のついでに着替えさせられた私は、すっかりセレブ一族の一員のようになった。外見だけは。

「いいんだよ。男は好きな女の子が喜んでいるのを見るのがしあわせなんだから。素直に喜んであげて」

セレブの感覚についていけない私に、お兄さんは笑顔で言った。

「こんなにしあわせそうな圭吾は初めて見たよ。ありがとう、七海さん」

私は圭吾さんを見る。振り返った彼は、たしかにいい笑顔をしていた。

お礼を言われるようなことはしていないけど、本当に彼が私といてしあわせを感じてくれていたらうれしい。

微笑み返すと、圭吾さんが私の隣に来て手を握った。

「兄さんとなに話してたんだ？」

「ふふ、内緒です」

「なんだよ」

彼の手を、いつもより温かく感じる。

私も今、しあわせだなあ。

その後私たちは夕方まで歩き回り、甥っ子ちゃんが疲れて眠ってしまったので解散することにした。

「いつでも遊びに来てね。電話も歓迎だよ」

お兄さん夫婦は私たちが車に乗ったあとも、いつまでも手を振ってくれていた。

歩き疲れた私は、ふたりの姿が見えなくなるなり瞼を閉じてしまった。

「七海、起きて」

圭吾さんの声が聞こえ、ハッと目を覚ます。

やだ、寝ちゃってた。もう家に着いたのかな。

圭吾さんのあとに続いて車から降りると、目の前に想像とは違う景色が広がった。

「あれ……？」

自宅の何倍も大きな建物。高すぎて頂上が見えない。

自分が寝ぼけているのかと思い、目をこする。視界がはっきりしても、自宅は見えなかった。

代わりにそこにあるのは、誰でも名前を聞いたことがあるような有名ホテル。

私自身は初めて見たけど、敷地の端に看板があるから間違いない。

アーチ形の入り口の向こうに眩しい世界が広がっている。

「今日はここに泊まろう」

いつまでも事態を把握できない私に、圭吾さんが囁く。

「ええっ！　ここに？」

まったく聞いていなかったのでびっくりする。やっと目が覚めた。

圭吾さんはそんな私のリアクションに満足そうに微笑む。

「明日は休みだろう。たまには気分を変えるのもいいんじゃないかと思って」

手を引かれてエントランスに入ると、フロントのホテルマンが恭《うやうや》しく頭を下げた。

クラシックなヨーロピアンテイストの内観は、まるで映画のワンシーンのよう。

圭吾さんが名乗ると「お待ちいたしておりました」とスムーズにカードキーを渡される。

「うわあ……」

「もしかして、予約してくれたんですか？」

「そう。こっちへおいで」

私はきょろきょろと周りを見回しながら彼のあとについていく。

足元の絨毯に新しい靴のヒールが取られる。

京香さんおすすめの服を買ってくれたのはこのためだったのかも。

この高級ホテルの中でも、今の自分ならしっくりしているように感じられた。

「お嬢さん、こちらで食事などいかがですか」

彼に連れていかれたのは、ガラス張りの窓から眩しい夜景が一望できる、ホテル内のイタリアンレストランだった。

「わあ、きれいですね」

彼と出会うまでは夜景のなにが楽しいのかわからなかったけど、今では素直にきれいだと思える。

しかも窓際の席を予約してくれたので、邪魔するものがなにもない夜景を楽しむことができた。

「こういうところに来たことは？」

「初めてに決まってるじゃないですか」

はっきり言って、自分がこんなところに連れてきてもらえるような人生を歩むとは思っていなかった。

庶民代表みたいな私は死ぬまで庶民で、いつか彼氏ができても庶民的なお店でデートをするんだと想像していた。それも悪くはないんだけど。

「そうなのか。光栄だな」

グラスに口をつけ、彼が微笑む。

それだけで胸が高鳴った。

ああ、そうか。

場所がきらびやかだからドキドキするんじゃない。

彼と一緒にいるから、この世界が輝いて見えるんだ。

きっと彼と一緒なら、どんな場所でもきれいに見えるに違いない。

庶民的だとかラグジュアリーだとか、そんなことはどうでもよくなる。

私たちは食事をしながら、ゆっくりと今までのことを話した。

「あれから安藤さんは？」

「ああ、菜美恵の両親からうちの両親に連絡があった。菜美恵は実家を離れて、ひとり暮らしをするらしい」

彼が言うには、安藤さんは遅ればせながら、自由な生活をスタートするのだという。

彼女の異常な行動を知ったご両親は、笠原家に謝罪し、安藤さんのことを束縛するのをやめたそうだ。

誰でも自分の子供が心を壊したり、異常行動がエスカレートして犯罪者になってしまっては悲しいもの。

ご両親は、そこまで本人を追い詰めたつもりではなかったらしいが、深刻に受け止めさせてしまったことに反省をしているみたい。

安藤さんはご両親が温かく迎えてくれたことにホッとし、嘘のように落ち着いているとか。

「よかったですね」

「俺たちに直接の謝罪がまだだけどな」

「謝罪なんていらないです」

すごく短い期間だったし、だいぶ特殊だったけど、一応私の患者だった人だ。

この世の終わりのような顔をしていたあの人が穏やかに過ごせているのなら、他に言うことはない。

「まったく、お人よしだな」

「そんなことないですよ」

「そうか？　ま、そこがきみの美徳だとは思うけど」

オマール海老を使ったパスタや仔牛のローストなど、運ばれてきた料理はどれも格別だった。

今日はおいしいものを食べすぎた。ワインもいただいて、いい気分。

食後のコーヒーを飲み干した彼は、「そろそろ部屋に行こう」と私を促した。

さっと立つ圭吾さんに、私は少し拍子抜けする。

サプライズで予約してくれた高級ホテル。東京の夜景を見下ろせるレストランで、ふたりきり。

もしかして、プロポーズのやり直しがあるんじゃないかな……なんて思っちゃった。

恥ずかしい。

だって、プロポーズに関してはあの契約結婚の申し出以来、されてないんだもの。あれから毎日好きとか愛してるって言ってくれてるし、仲もいい。ちゃんとしたプロポーズなんてなくても、私たちはもう夫婦として前に進んでいるんだから。こだわることはない。

気持ちを切り替え、私も立ち上がった。

予約されていた部屋をカードキーで明け、ドアを開け放つ。

「ひええ～」

私は初めてお殿様のお城を見た農民のような声を出してしまった。

入ってすぐベッドとテレビがあるような、狭苦しい部屋しか知らない私にとって、そこは別世界だった。

「これっていわゆるスイートというお部屋ですか」

「そのようだね」

メインの部屋にたどり着く前に左右のドアを開け、浴室やクローゼットをまじまじと見学する私を見て、圭吾さんが笑っていた。

「さて、ここがメインですね」

ドアを開けると、広い部屋の窓の外には、レストランで見たのに負けないくらいの夜景が広がっている。

それよりも私の目を奪ったのは、部屋の中央にある丸テーブルだった。

その上に、ルームサービスなのか、なにかが置かれている。

「ケーキだ！」

しっかり見ると、それは生クリームでデコレーションされたホールケーキだった。

テンションが上がった私が近づくと、後ろからゆったりと圭吾さんがついてくる。

「これも予約してくれたんですか？」

「うん。よく見てみて」

クリームと果物に囲まれた美しいケーキの中央に、チョコペンで文字が書かれている。英語の筆記体だ。

「え、これって……」

驚いて言葉が出なくなった私に、いつの間にか真後ろに立っていた圭吾さんが腕を回す。

背後から抱きしめられ、耳元で囁かれた。

「読んだ？」

「はい……」

ケーキに書かれていたのは〝Will you marry me?〟結婚してくれますか？という意味だということくらいは私にもわかる。

身体をよじって背後の彼を見上げると、待っていましたとばかりに唇を奪われる。

「結婚してくれ。契約じゃなく、本当の結婚を」

今度は向かい合わせで抱きしめられる。

「愛し抜くから、絶対」

あまりに温かくて、涙腺が緩んだ。

「うん……」

「遅くなってごめん」

どこかで不安だった自分に、今気づく。

彼みたいな人が私を選んでくれたなんて、やっぱり夢なんじゃないかって。そんな気持ちがふと起きることがしばしばあった。

「それが返事？」

彼が背を丸め、私の目をのぞき込む。

もっと確実な言葉を望んでいることがわかる。

「……ありがとうございます。よろしくお願いします」

返事をした途端に、ぽろりと涙が溢れた。

「泣かなくていいんだよ」

「いいんです、これはうれし涙なので」

「そうかそうか」

圭吾さんは小さい子供をあやすように私の頭を撫でる。

「で、気に入るかわからないけど」

目から溢れるものをぬぐっていると、圭吾さんが上着のポケットからなにかを取り出した。

それはエメラルドグリーン色の小さな箱。その中から、黒いケースが出てくる。

まさか、まさか。

圭吾さんが箱をケーキの横に置き、黒いケースを開けた。

そこには、大粒のダイヤを支える銀色のリング。

「ああ……」

ダイヤに反射する光が眩しすぎて、両手で顔を覆う。

というのは冗談。

まさか指輪までサプライズで用意してくれるとは思わなくて、感動で胸がはちきれそうになった。

倒れそうな私を支え、圭吾さんが顔をのぞき込む。

「大丈夫？　嫌だったら別のデザインにしてもらおうか」

「違います。う、うれしすぎて」

せっかくいい雰囲気なのに、涙で顔がぐちゃぐちゃだ。

圭吾さんはこんな私のいったいどこがいいのか。本気でわからない。

今も嫌がらずに微笑んで、私の肩を優しく撫でている。

「喜んでもらえてよかった。末永くよろしく」

「はい、こちらこそ」

これからもずっと彼と一緒にいられるんだ。

微笑んでくれる圭吾さんにつられ、私も泣きながら笑った。

【寄り添って】


正式なプロポーズを受けて数日。

私は〝笠原七海〟として働くようになった。

誰にも隠さなくていいというのは気分のいいものだ。

噂になったときは戸惑ったけど、今では誰にもなにも言われない。オペ室の看護師も、病棟に探りを入れてくるようなことはなかった。

以前のように普通に仕事ができるようになって本当にうれしい。

圭吾さんにもらった指輪は規則で仕事中はつけられないけれど、大事にしまってある。

その代わり、〝笠原〟という名札を指輪の代わりのように感じていた。

日勤の午前中の仕事がひと段落したところで、主任に声をかけられた。

「槇さん、じゃなかった笠原さん。アブレーション見たことあったっけ？」

周りは徐々に私を新しい苗字で呼ぶのに慣れてきたみたいだけど、当の自分がまだ呼ばれ慣れない。

「その手術はまだ見たことないです」

アブレーションとは、心臓にカテーテルを入れ、心筋に熱を加えることで心房細動《しんぼうさいどう》などを治療する方法のこと。

「そうだよね。ここに入った新人は順番に見学に行くんだけど、笠原さんもどうかな」

外科手術は異動初日に見たけれど、アブレーションはなかなか機会がなかった。

循環器の看護師としては、見ておきたい。

「ぜひお願いします」

なんでも勉強だ。本で読むのと、実際に見るのとでは違う。

「笠原さんならそう言うと思った。明日は人数がたくさんいるから、予定入れとくね」

「ありがとうございます」

看護師の人数が少ない日は、のんびり見学できる余裕はない。

ちなみに見学をするからといって、病棟の仕事と比べて楽なわけではない。

何時間も立ちっぱなしだし、緊張もする。

「ちなみに、笠原先生が担当だから」

「えっ！　あ、そ、そうですか」

ちょっとびっくりしたけれど、平静を装う。

圭吾さんがやるんだ。周りのドクターや看護師に『嫁が興味本位で来たわ……』とか思われちゃうかも。

ま、そんなこと考えても仕方ないよね。

私は帰ってからも圭吾さんに見学の予定を教えないでおいた。

ちょっとしたいたずら心だ。

たまには圭吾さんにもサプライズが必要よね。

翌日、私は後輩と患者を手術へ送る準備をした。

「緊張してきた……」

つつがなく準備を終え、予定時間より少し早く病室を出る。

こうして患者を送り届けたことは何度もあるけれど、アブレーションの現場に立ち入るのは今日が初めて。

「さあ、行くぞ」

手術センターへ向かう途中でだんだんと心臓が高鳴ってくる。

到着した私はそこの看護師に挨拶をし、オペ用の装備に着替えた。

外科手術やアブレーションの補助も実際にやって勉強したいけど、基本的に夫婦が同じ部署になることは少ない。圭吾さんが現役でオペをするうちは、私も手術センター以外にいることになるだろう。

看護師に案内されて室内に入ると、臨床工学士や研修医らしき人たちがいた。

こちらは外科手術とは違い、麻酔ではなく鎮静剤を投与するので、麻酔科の先生はいない。

大きなモニターの前にある手術台に、鎮静剤で眠っている患者が横たわっている。

今日は台に乗らず、患者の足のほうから見学をさせてもらえるらしい。

準備が整うと、部屋の自動ドアが開いた。

キャップやマスクをしていてもわかる。圭吾さんだ。

彼は手術台のすぐそばまで近づいてきて、私に気づいた。

「おお、なんだきみか。どうしてここに？」

すぐに気づかれた。周りのスタッフがくすくすと笑う。

残念。終わるまで黙っていたかったのに。

「見学だそうですよ」

「そうなら教えてくれればいいのに。びっくりした。じゃあ、始めようか」

圭吾さんは一瞬で真剣な表情に戻る。

とりあえずサプライズ成功……かな？

こうして手術が始まった。

看護師にカテーテルを渡された瞬間、彼の目つきが一層鋭いものに変わる。

足首や鼠径部《そけいぶ》からカテーテルを挿入し、モニターに映る心臓の様子を確認しながら心筋に熱を加える。

他の先生がやると通常二、三時間かかる手術が、圭吾さんの手にかかると一時間で終わってしまう。

「すごい……」

一緒に見ていた研修医が息を吞む音が聞こえた。

手術は速ければいいってものじゃないけど、圭吾さんのように確実な作業をこんなに短時間でやってのけてしまうのは、やはりすごい。

「術式終了。ありがとうございました」

圭吾さんがそう言うと、その場にいた全員から肩の力が抜けるのがわかる。

目で追うのがやっとだったけど、今回もいい経験だった。

やっぱり圭吾さんは素晴らしいドクターだ。

彼は先に部屋を出ていく。

私は力強い彼の背中を見送った。

帰宅して夕食の準備を終えたタイミングで圭吾さんが帰ってきた。

「おかえりなさい」

圭吾さんは首元のボタンを外しながら、こちらを見て笑う。

「アブレーション見に来るなんて聞いてなかったけど？」

「ふふ。びっくりさせようと思って」

「こいつめ」

圭吾さんは私の頭を痛くないように小突く。

「すごかったです。あんなに長いカテーテルをさっさと入れちゃうんですもん」

「慎重にやることもあるよ。今回の患者は入れやすかっただけ」

「へえ、そうなんですか」

たしかにただの採血だけでも、とりやすい患者ととりにくい患者がいるものね。

しかしそういう患者の個人差を差し引いても、やはり彼の手技は速い。

「そういえば、病院でしっかり結婚の報告をしていなかったな」

圭吾さんは思い出したように言う。

たしかに。一度噂になったから、改めて報告するということはしていない。みんな知っているとは思うけど、ちゃんと挨拶はしたほうがいいかも。

「挨拶回りするとしたら、看護局と病棟と医局くらいか」

「そうですね」

特に病棟のみんなには安藤さんがいるときに迷惑をかけた。

私たちはふたりで結婚の報告をすることに決めた。

翌日の朝、早速そろって病棟に出勤し、師長に結婚の報告について相談をすると、朝礼の時間を少しもらえることになった。

集まった看護師たちが、私と圭吾さんの顔を交互に見ている。

「今日は笠原先生と七海さんからお話があるそうです。どうぞ」

師長が前置きをしてくれ、圭吾さんがコホンと咳払いした。

「私と槙七海さんは結婚いたしました。ご報告が遅くなり、すみません」

笑顔の看護師たちから拍手が起きる。

圭吾さんは照れくさそうな顔で、私に視線を送ってきた。

「黙っていてごめんなさい。噂になったり、名札が変わったりしているのでみなさんご存知だと思うんですけど、そういうわけでして」

ぺこりと頭を下げると、待ちかねていたように主任が声をあげる。

「謝らなくていいよ。おめでとう！」

主任に続き、千葉くんも噂好きの先輩たちも、後輩も、みんなが口々にお祝いを言ってくれる。

「おめでとうございます」

「おめでとう、槇さん」

温かい拍手に包まれて、うっかり泣きそうになった。

「……で？」

主任が拍手を止め、笑顔で私の顔を見つめる。

「結婚式はやるの？　新婚旅行は？」

「あ、それはまだはっきり決まってなくて……」

しどろもどろな私に代わって、圭吾さんが横から答えた。

「式も旅行も年内にはしたいと思っています。休暇を取るときはみなさんにご迷惑をおかけするかと思いますが、よろしくお願いします」

それを聞いた主任は「式にはぜひ呼んでくださいね」と微笑んだ。

「はい、みなさん、個人的に気になることはまた休憩やお休みのときに聞いてください。仕事に戻りますよ」

いつまでもワイワイした雰囲気を、師長が引きしめる。

みんながそれぞれの仕事に散ったあと、師長はこっそり私たちに言った。

「大変なこともあったけど、ふたりがしあわせになってくれてよかったですよ」

大変なこととはもちろん、安藤さんのことだろう。

「その際は非常にご迷惑をおかけしました」

圭吾さんが頭を下げる。こんな殊勝な姿、見たことがない。

「いいんですよ、先生。病棟を円滑に運営するのが私の役目ですから」

「ありがとうございます」

お礼を言うと、師長はにこりと微笑む。その顔は、昔読んだ漫画のナイチンゲールに似ていた。

「結婚っていろいろあるけどね、協力が大事ですよ。忙しいでしょうけど、七海さんに家のことを任せっきりにしたりしないように。嫌われますよ」

「肝に銘じます」

ズバズバ言う師長に圭吾さんが恐縮したようにうなずくので、少し笑ってしまう。

「シフトの調整など、なにかあったらいつでも相談してくださいね。おしあわせに」

結婚も出産・子育ても経験してきた師長は鷹揚《おうよう》に笑う。

もし子供ができたら産休や育休を取らなきゃいけないし、復帰しても早く帰ったり、夜勤ができなくなったりする。

これから起きりうることについて、いつでも相談してと言ってくれるのは本当にありがたい。

私たちはふたりで師長に頭を下げた。

病棟に続いて看護局や医局にも挨拶をし、さんざん冷やかされた私たちは、昼休憩に再会した。

場所はいつかの屋外テラス。今日も人気がない。

「今後のキャリア、どう考えてる？」

圭吾さんはいきなりそんなことを聞いてきた。

「子供は授かったらうれしいなと思ってます」

「そうか。俺もそう思っていた」

彼はホッとしたように息を吐く。

こういうのって、夫婦で意見が割れるとつらいものね。

「そのあとは復帰するんだろ？」

私の性格からして、家でじっとしているわけがないと思うのだろう。

圭吾さんは半ば決めつけたように言う。

「そうですね。病棟が難しかったら外来でもいいんですけど」

外来は土日休みだし、夜勤もない。

だから出産を機に病棟から外来に異動する看護師も多いと聞く。

「オペ室は？」

「いやあ私はあんなに素早く補助できないですよ。それに、私は患者の気持ちに寄り添いたいんです」

オペ室の看護師は、オペの時間しか患者と一緒にいない。

ずっとオペだけをこなしていくのは、モチベーションを保つのが難しそう。

看護師の中には、一日中内視鏡や手術器具を洗うだけの役割の人もいる。そういうのが合っている人はいいけれど、私はもっと患者に関わりたい。

「そうか。たしかに七海は病棟に向いているな」

「圭吾さんはいずれは院長になるんですか？　それとも経営側？　それとも独立？」

彼はしばし考えるように天を仰いだ。

「そうだな……まだはっきりとは決めていないけど、俺は医者としてよりたくさんの患者を助けたい。それが目標」

少し考えてから、圭吾さんは真剣な顔で言った。

「目標って言うにはふわっとしすぎてるな。夢って言うほうがいいかもしれない」

圭吾さんの夢。

子供の頃からその夢を抱いてきたのかな。

神の領域に達するまで、どれだけの努力を必要としただろうか。

そしてこれからも、医者としてどれだけの壁にぶつかっていくのだろう。

「じゃあ私は、その夢のお手伝いができるような人間になりたいです」

私はオペもできないし、診断もできない。

でも、それをする人を支えることなら、できるかもしれない。

そして、圭吾さんが救った人たちに寄り添い、不安を取り除いていくのが私の役割だ。

「七海は今のままでじゅうぶん、俺を支えてくれているよ」

優しく目を細めた圭吾さんが、こちらに手を伸ばす。

目が合うと、まるで見えない磁力に引き寄せられるかのように、どちらからともなく顔を寄せ合った。

瞼を閉じると、彼の唇で呼吸を奪われる。

職場でこんなことをしていてはいけないという思いと、もっとしてほしいという願望がごちゃ混ぜになった。

数回唇を重ねたあと、圭吾さんが離れていく。

彼は愛おしそうに私を見つめ、目を細める。

妻として、人生のパートナーとして、この人とずっと一緒にいたい。

笑顔の彼を見て、心からそう思った。

【エピローグ】

花吹雪。

白やピンク、赤の花びらが宙に舞っては落ち、私たちの行く道を彩る。

「おめでとう！」

「おしあわせに！」

道の両サイドに立ったおめかしをした人々の中には、お世話になった師長や主任、千葉くんもいる。

それぞれ手に持ったかごから、花びらを振り撒く。

道の中央を通るのは白いタキシードの圭吾さんと、ウエディングドレスの私。

パフスリーブとスカート部分に贅沢にレースをあしらったボリュームのあるドレスは、胸元に無数のビジューが縫いつけられている。

「きれいよおお、七海い」

感極まったのか、ハンカチで目を押さえるお母さん。そんなお母さんを支える瑞希は、困ったような顔でこちらに微笑みかけた。

今、私たちは挙式を終えたばかり。

両家の予定を合わせたり式場を探したりしていたら、入籍から半年ほど経っていた。

私たちとしては身内だけでこぢんまりと済ませてもよかったのだけど、圭吾さんのご両親が盛大にやると言ってきかなかった。

結局は家柄の違いで招待客の人数に差が出るため、間を取って人気のテーマパークホテルで中規模開催することに。

「圭吾、七海さん、おめでとう」

圭吾さんのお兄さんも来てくれて、拍手を送ってくれる。

その隣には、かわいい甥っ子を抱いた京香さん。

ふたりとも見たこともないようなニコニコの笑顔で、こちらのほうがうれしくなってくる。

私たちはみんなに見守られ、ここまで来られたんだとしみじみした。

ラベンダー色のふんわりとしたカラードレスに着替えて披露宴会場に入ると、招待客から割れんばかりの拍手が巻き起こった。

チュールのスカート部分についた花の飾りを揺らして歩くと、友達や同僚から「かわいい！」と声があがった。

「七海がきれいだから、みんなびっくりしてる」

そんなことを囁きかけてくる圭吾さん。

緊張している私はひきつった笑いしかできなかった。

そういう彼は、日本人には難しそうなデザインの衣装を着ている。

よっぽど顔が整っていて足が長くないと笑っちゃう感じ。王子様みたいな謎の金モールがあしらわれている。

せっかく夢の国のホテルで披露宴をするのだからと、ちょっとウケ狙いで王子様とお姫様にしてみたのだけど、誰も笑っていない。

圭吾さんはまさしく、リアル王子様だ。

そんな彼の隣に立つ私はいつもより濃いメイクをしているとはいえ、まだ庶民の域を抜けられていない。そんな気がする。

披露宴はいい雰囲気で始まり、なんのトラブルもなく進行していく。

キャンドルサービス、ファーストバイト、ベタなプログラムはとりあえずなんでも入れておいた。

親せきや友達のスピーチはあるけど、歌や漫才などの出し物はない。

その代わり、テーマパークのキャラクターが出てきては場を賑わせた。

着ぐるみと思ってはいけない。キャラクターだ。夢の国では〝中の人〟なんていないのだ。

「それではスライドをご用意しておりますので、ご覧ください」

主役席の背後のスクリーンに、『圭吾&七海のあしあと』という若干ダサいタイトルが映し出される。

暗くなった式場では、あちこちから食器の音が聞こえた。招待客が食事をしながらのんびりスライドを見ている。

「笠原圭吾さん、四月十二日生まれ……」

司会の人が写真が切り替わるタイミングで説明を入れていく。

私たちふたりの赤ちゃんの頃の写真が出てきたときは、それぞれに「かわいい~」と声が飛んだ。

残酷なのはここからだった。

名門幼稚園からエスカレーター式の高校、医学部と華麗な経歴を歩んできた圭吾さんは、どの写真を見ても美少年。着るものもお高いのがわかる。

そしていつも、品のよさそうな顔をしている。その辺にいる普通の男の子たちとは溢れ出る気品が違う。

それに比べて私は、赤ちゃん用品チェーン店の赤札価格で売っていた、イチゴ柄やハート柄のカラフルな服。頭には百均のヘアアクセサリー。頬はいつも赤くかさかさしている。

中学に入って制服を着たら少しはマシになるけど、とにかく全編通して貴族と庶民の生活格差が明確になってしまって少し悲しい。

じゃあもっといい写真を用意すればよかったじゃんと思われるだろうけど、ないものは仕方ない。お母さんはお父さんが亡くなってから、子育てと生活に追われていっぱいいっぱいだったのだ。

「これ、やっぱりやめればよかった」

ぽつりと呟くと、圭吾さんが敏感に反応する。

「どうして」

「だって、圭吾さんのキラキラ写真に対して、私の家の貧乏写真……見ている人たちが微妙な気持ちにならないかな」

「は？」

圭吾さんは振り返ってスクリーンを見上げる。

今はちょうど、小学生くらいのふたりが映し出されていた。

私は相変わらずのんきな顔で、にこにこと笑っている。

「かわいいけど。なんなら世界で一番かわいい」

「はいはい」

圭吾さんは、少し変わっているのだと思う。

今まで周りに同じような生活レベルの子しかいなかったから、庶民が珍しいだけなんじゃ。人間がパンダを見るみたいに。

「花嫁がそんなに卑屈でどうする。そこのテーブル見てみな」

圭吾さんが指さしたテーブルには、私の学生時代の友達が座っている。彼女たちはスライドの写真を見て、どちらの姿が映っているときも同じ顔で微笑んでいた。

「七海と付き合ったことがある人間は、七海のいいところをいっぱい知っている。だから、着るものが違うとかそんなこと、どうでもいいんだよ」

彼の優しい声音が胸に染みわたる。

それはそうだ。

私は私のまま、友達や同僚と関係を作ってきた。

ここにいる人たちは私が貧乏とかお金持ちとかは関係ない。

ただ私たちの結婚を祝うために集まってくれたんだ。

「そうだね！」

恥じることなんてなにもない。

どんな夫婦だって、違う環境で育っているんだもの。

よそはよそ、うちはうち。ちょっと違うか。

「俺は図書室ではっきりものを言ってくれたきみが好きだ。あれから俺は、病棟で見かけるたびにきみを目で追うようになっていた」

「えっ、あれから？」

あれは普通の人なら怒ってもおかしくなかった気がする。

だって私、本人に向かって正直に『自意識過剰じゃないですか？』って言ったんだものね。

「昔から俺をおだててくる奴はいたけど、はっきり言ってくれる人は少なかったから」

「へえ」

セレブあるある、〝叱ってくれる人に恵まれなかった〟ってやつか。

「だけどきみの横にはいつも千葉がいた。俺はひそかに嫉妬してたんだ」

「ええっ？」

そういえば、けっこう長いこと私が千葉くんに片思いしているって誤解していたっけ。まさか契約結婚を持ちかけられる前からだったとは。

私は最初から千葉くんのことをどうとも思っていなかったというのに。

「だから契約結婚しょっぱなから、振り向いてほしくていろいろなことを試してみた」

「そうだったの」

いきなりキャラが変わったと思ったら、そういうことだったのか。

私と同じように、圭吾さんが私を意識していたとは驚きだ。

こっちは彼が私みたいな庶民を相手にするはずがないと、最初からあきらめていたのに。

「私たち、両想いだったんだね」

ここに至るまで、すごく遠回りをしたような気がする。

オペは神速なのに恋愛には不器用な圭吾さんが急にかわいく見えてきた。

「うん。これからも、ずっと」

「ずっと、両想いね」

これからもずっと、お互いだけを見ていられたらいい。

先にはなにがあるかわからないけど、私にとって圭吾さんと会えた事実は一生の宝物だ。

微笑みかけると、圭吾さんが私に軽くキスをした。

招待客たちは、スライドに夢中で気づいていないみたいだった。


結婚休暇を終え、私たちは職場に復帰した。

本来職場結婚したスタッフ同士が同じ部署にいることはない。看護師同士の結婚だと、もとは同じ病棟でも、どちらかが異動となる。

けれど私は、まだ循環器外科病棟に居続けている。相手が医師で職種が違うので、一緒に病棟にいる時間が少ないから、異動を免除されたのだ。

陰で師長が『春に異動してきたばかりだし、とてもよく働いてくれるからいなくなると困る』と看護局や人事課に訴えかけてくれたらしい。

いろいろ迷惑をかけたのに、ありがたいことだ。

オペ室の看護師の中には私のことを『うまく笠原先生をたぶらかして玉の輿に乗った庶民女』とか悪口を言っている人もいるみたいだけど、そんなの気にしない。

私は胸を張って、圭吾さんの隣にいることにしたんだもの。

午前のラウンドを終えてナースステーションに戻ってくると、ちょうど圭吾さんがやってきた。今日はシャツの上に白衣を纏っている。

仕事中はいつも軽く挨拶をし合うだけで、個人的なことは話さないようにしている。病棟の人たちに気を遣わせないのが暗黙のルールだ。

「あ、先生。また困った患者がいるんですけど、お話してくださいます？」

師長が待ってましたとばかりに圭吾さんに話しかける。

どうやらオペの予定で入院してきたのに、必要な禁煙をしてこなかった人がいるらしい。そうなるとオペができない。

看護師からすると〝絶対にしちゃいけないのにどうしてするの？〟ということも、ちゃんと話を聞いていない患者からすると、〝これくらいいいだろう〟となるのだろう。

認識の違いというかなんというか……ちゃんと外来で説明しているんだから、しっかり禁煙してきてほしい。

「困った人がいるもんだ」

圭吾さんは苦笑して、件のオペ患の部屋へ向かった。

「頼りになるなあ」

千葉くんが彼の背中を見て言った。

「俺たちがどんなに言っても反抗しかしない患者が、笠原先生が行くとみんなおとなしくなるもんな」

高圧的な患者でも、医者が来た途端におとなしくなるというのはよくある話だ。

結局看護師を下に見ているのだろう。

それはさておき、圭吾さんはスタッフに対しても感じがよくなったと評判らしい。

前にも千葉くんがそういうようなことを言っていた。

それが結婚の影響なら、ちょっとうれしいな。

「オペできないので退院になります。次回の予約票を出すので、渡しておいてください」

あっという間に戻ってきた圭吾さんは、病棟のパソコンで予約票を出力した。

「禁煙の必要性について再度話をしましたので、次は大丈夫だと思います」

「まあ、ありがとうございます。助かります」

医者の中には、忙しいことを理由に、患者への説明や退院処理を看護師に丸投げする人も少なくない。

こうして自分の患者のことを責任持ってやってくれるところ、いいよね。

それからひと通り自分の担当患者の部屋を回って、圭吾さんは病棟から去っていった。

家に帰り、夕食を作る。

今日は珍しく残業がなかったから、気分が楽。

久しぶりに鶏の唐揚げを揚げていると、圭吾さんが帰ってきた。

最近は圭吾さんの帰りが早い。

急なトラブルがない限り、さっさと仕事を終わらせているみたい。

彼曰く、今までは他の部署の仕事まで抱え込んでやろうとしていたらしいけど――

例えばセカンドオピニオンの予約を直々に相手の病院の先生へ電話をかけて話をするとか――それは他人を信用していなかったからだと気づいたと。

栄養士や薬剤師、事務方のスタッフのことを信用して任せるようにしたら、少し仕事が減ったんだとか。

「いいにおいがする」

彼は相変わらず、私が作る庶民的な料理を文句も言わずおいしそうに食べてくれる。

少し前から、圭吾さんも本や動画を見て料理を練習しはじめた。自分だけ休みの日にも、私にばかり作らせるのはいけないと思い立ってくれたらしい。

まだ納得のいくものはできないそうだ。いつか彼の手料理を食べられるのを楽しみにしている。

「揚げたてっておいしいよね」

私たちはテーブルにできたての料理を運び、今日あったことを話したりして食卓を囲んだ。


食事を終えて入浴を済ませると、すぐに眠くなってきた。

ソファでウトウトする私の横で、圭吾さんはテレビで映画を観ていた。

私も観たい映画だったけど、昼間の仕事がハードだったせいか、すごく眠い。勝手に瞼が閉じそう。

「七海、寝る？」

「うーん……」

明日はふたりとも休みだし、一緒にいる時間をもっと楽しみたい気持ちはある。でも眠い。

「おーい、七海さん」

目を開けていようと思うのに、気づけば首がカクンと落ちる。

「仕方ないな」

肩を貸してくれていた圭吾さんの体勢が変わった。

と思ったら、いそいそと彼の手が服の中に入ってきたことに気づく。

敏感な部分を刺激しながら耳にキスをされ、一気に目が覚めた。

「ひゃあっ」

「起きた？」

「起きた、起きたから」

身をよじるけど、圭吾さんは私を離す気はないようだ。

ニッと笑い、吐息がかかるほどの至近距離で囁く。

「夜はこれからだ。先に寝落ちなんてさせない」

彼は初めてのときのように、私をソファに押し倒す。

「言っただろ。俺と結婚してよかったと思わせてやるって」

「あ、う、うん」

私が混乱したときのことか。

「今はどう思ってる？」

真っ直ぐに見つめられたら、ふざけてかわすこともできない。

「……すごくしあわせです」
顔が熱い。
正直がモットーの私だけど、これはさすがに照れる。
そんな気持ちが伝染したのか、圭吾さんも照れくさそうに笑う。
「俺も」
短く言葉を切ると、その唇が私の唇を塞いだ。
甘い吐息が流れ込み、眠気とは別のもので脳がくらりと揺れる。
いつまでもしあわせでいたいな。
もちろん私だけじゃなく、あなたも一緒にね。
私は彼に身を任せる。
温かく甘い夢に、私は落ちていった。

【END】

番外編

番外編【楽しみな未来】

職場で結婚発表をしてから一週間後。

今日も病棟は忙しかった。

特別室には、安藤さんとは別の患者が入院している。

私は彼女が退院してから看護に専念できるようになり、忙しくても充実した毎日を過ごしている。

そして今日は、少し遅れた私の歓迎会を病棟のみんなが催してくれた。

「では笠原さん、遅くなりましたが……。ようこそ循環器外科へ！　そして、ご結婚おめでとうございます！」

とあるレストランで、師長がグラスを片手に音頭を取る。

白いテーブルクロスがかかったテーブルに六人ずつ座った看護師たちが、同じようにそれぞれのグラスを掲げた。

「かんぱーい」

私は隣に座った圭吾さんとグラスを合わせた。

同じテーブルには千葉くんと師長、主任がいる。

「俺まで呼んでもらってよかったんですか」

圭吾さんが料理をつまむ師長に尋ねる。

病棟の飲み会は、基本看護師だけで行う。

だって、ドクターがいると気を遣って楽しくないから。

新人の歓迎会や忘年会は科の先生や病棟薬剤師、オペ室の看護師なども呼んで大勢になるが、今日はいない。

「先生は今日の主役じゃないですか」

千葉くんが早速グラスを空けて上機嫌になっている。

「そうそう。色々教えてもらわないと。七海さんとはいつから付き合ってたんです？」

どの先生に対してもフランクに接する主任が圭吾さんに尋ねる。

「付き合ってない。そんな時間は無駄だから、すぐプロポーズした」

「わあ！　ひと目惚れってやつですか？」

「そうだな」

圭吾さんはニヤッとこっちを見て笑う。

すごい嘘。プロポーズじゃなくて、〝契約結婚を持ちかけた〟なのに。

「で、七海さんもよくOKしたね」

「槇はすごく慎重なタイプだと思ってたのにな、俺」

主任と千葉くんの矛先が私に向く。

「あ、ええ……患者に対してはすごく優しいなって思っていたので」

適当に理由をでっち上げた。

「いやいや、学生の頃先生に惚れて、この病院に入職したんだろ？」

千葉くんが私も忘れていたような話を大声で投下する。

周りが「そうなんだ〜」と歓声をあげる。

「へえ、そんな昔から？」

圭吾さんも師長や主任もニヤニヤと私を見ている。

それじゃあ私が圭吾さんのストーカーみたいじゃない。

学生時代から先生を狙って入職するなんて、そこまで恋愛脳じゃないから。

顔が熱くなり、私は手で頬を仰ぐ。

「惚れたんじゃなくて、憧れたのっ」

「どう違うんだよ」

「全然ちがーう！」

ぽかすかと千葉くんを叩くと、圭吾さんがはははっと笑う。

「仲がいいなあ。俺は最初、きみたちは付き合っていると本気で思っていた」

「いやー、ない。ないです。俺、小さくておとなしい子が好きなんで」

千葉くんは本気で私に興味がない。片思いしている薬剤師の子とは、やっとふたりで遊ぶ約束をとりつけたところらしい。

彼はいいやつなので、しあわせになってほしい。とりあえず飲みすぎないようにというアドバイスはしつこいほどしておいた。

「それはよかった。これからも安心して働いていこうと思う。

「ライバルがいる病院では私を働かせられないということか。

心配しないでも、浮気なんてしないのに。

「先生もやきもち焼くんですね。かわいい～」

ホッとしたような圭吾さんを主任がからかう。

今までは、圭吾さんがこんなふうに看護師たちと話すことなんて考えられなかった。

相変わらず仕事は忙しいけど、安藤さんのことがなくなったので、少し気持ちに余裕ができたようだ。

でも私は知っている。

本当の圭吾さんは、学生にも看護師にも優しい。

間違ったことは間違っていると言うけれど、守るべきものはちゃんと守る。そういう人なのだ。


賑やかで楽しい時間はあっという間に過ぎる。

いつの間にか解散の時間になり、名残惜しいけれど帰路についた。

今夜勤を頑張ってくれている看護師もいれば、明日日勤の子もいる。

一緒に働くみんなに感謝して、今日は早く休もう。

今日はふたりともお酒を飲んだので、タクシーで帰ることにした。

酔いもあってか、タクシーの中でウトウトとする。

圭吾さんの肩に頭を預けると、すうっと睡魔に意識を持っていかれそうになった。

「いいよ、今のうちに寝ておいて」

「はい……」

みんなに祝福してもらえて、しあわせな気分。よく眠れそう。

完全に寝てしまいそうな私の耳元で、彼が囁く。

「でも帰ったら寝かさないから」

パチッと瞼が自然に開く。

「それはいったいどういうことで？」

おそるおそる問いかけると、圭吾さんはニッと笑う。

「師長がさらにおめでたい報告を待っているから、期待に応えないと」

それって、もしかして子供を作ろうってこと？　師長はそんなセクハラ発言、していなかったような。

タクシーの中でなんという捏造話を。圭吾さんもだいぶ酔っているみたい。

黙っていると、圭吾さんは「本気だから」と呟いた。

「いやいや……」

ドキドキして眠気がどこかにいってしまった。

仕事もあるし、今すぐにはムリだけど、いつかお兄さんたちみたいな素敵な家族になれたらいいな。

未来の自分たちの姿を想像すると心が温かくなる。

こんな気持ち、今まで知らなかった。

不安ばかりだった未来が、圭吾さんのおかげで楽しみなものになっていく。

しあわせを感じていたら、タクシーはすぐに自宅に着いた。

その頃には私はまた眠くなっていた。

完全に油断して入浴するために脱衣所で服を脱いでいると、圭吾さんがおもむろにドアを開ける。

「なにっ？」

「さっき言っただろ」

彼も服を脱ぎ、裸になる。びっくりしていた私は彼に手を引かれ、一緒に浴室に入った。

そして圭吾さんは宣言通り、私をしばらく寝かせなかったのだった。

やっぱり、子供はゆっくりでいい。

もう少し、ふたりの時間を味わってから。

圭吾さんに抱かれながら、私はこっそりそんなことを考えていた。


【END】

あとがき

はじめての方ははじめまして。二度目以降の方はお久しぶりです。真彩です。

この度は本作をお手に取ってくださり、誠にありがとうございます。

すごくお久しぶりのベリーズ文庫さんですが、みなさまお元気でしたでしょうか。

さて、このお話は以前自分が病院に勤めていたときのことを思い出しながら書いたものです。今は退職していますが、当時のことを懐かしく思いながら執筆しました。

ちなみに私が勤めていた病院には、圭吾のようなイケメンドクターはいませんでした。残念。

こんなドクターがいれば毎日楽しかったのになという願望を込めて圭吾を書かせていただきました。

七海のモデルもいるようないないような？　私がいた病棟の看護師さんたちは、みんなかわいくて優しい人ばかりでした。

実は厳しい指導者のモデルもいて、ノリノリで書いたのですが「リアルすぎる」とコメントをいただきまして、だいぶ柔らかくしてあります。

とにかくどの看護師さんも毎日すごく忙しくてとても大変そうでしたが、それでも協力して頑張る姿に、こちらも励まされたものです。

医療従事者のみなさん、いつもお疲れさまです。そしてありがとうございます。

看護師を目指しているみなさん、どうか看護師にネガティブなイメージを持たずに頑張ってください。あまりに忙しい、大変と書きすぎて誰かの心を折っていないかと心配しております（苦笑）。

実際に大変な仕事ではありますが、とても意味のあるかけがえのないお仕事です。そんな看護師さんたちを私はリスペクトしております。

それはさておき。前向き看護師の七海と、クールな圭吾。身分差のある契約結婚がどうなっていくのか？　楽しんでいただけていたら幸いです。

最後になりましたが、超かっこいい圭吾を描いてくださった森原八鹿様、この作品に関わってくださったすべての方々に御礼申し上げます。

そしてこの作品を読んでくださった皆様、本当にありがとうございます。みなさまが健康かつしあわせでありますように！

令和六年五月吉日　真彩《まあや》-mahya-

真彩 -mahya- 先生への
ファンレターのあて先

〒104-0031
東京都中央区京橋 1-3-1
八重洲口大栄ビル 7F
スターツ出版株式会社　書籍編集部　気付

真彩 -mahya- 先生

本書へのご意見をお聞かせください

お買い上げいただき、ありがとうございます。
今後の編集の参考にさせていただきますので、
アンケートにお答えいただければ幸いです。

下記 URL または二次元コードから
アンケートページへお入りください。
https://www.ozmall.co.jp/enquete/IndexTalkappi.aspx?id=2301

離婚前提婚
～冷徹ドクターが予想外に溺愛してきます～

2024年5月10日　初版第1刷発行

著　者　真彩 -mahya-
©mahya 2024

発行人　菊地修一

デザイン　hive & co.,ltd.

校　正　株式会社文字工房燦光

発行所　スターツ出版株式会社
〒104-0031
東京都中央区京橋1-3-1　八重洲口大栄ビル7F
TEL　03-6202-0386（出版マーケティンググループ）
TEL　050-5538-5679（書店様向けご注文専用ダイヤル）
URL　https://starts-pub.jp/

印刷所　大日本印刷株式会社

Printed in Japan

乱丁・落丁などの不良品はお取替えいたします。
上記出版マーケティンググループまでお問い合わせください。
定価はカバーに記載されています。

ISBN 978-4-8137-1582-5　C0193

ベリーズ文庫 2024年5月発売

『女嫌いの天才脳外科医が激愛に目覚めたら～17年脈ナシだったのに、容赦なく独占されてます～』 滝井《たきい》みらん・著

真面目OLの優里は幼馴染のエリート外科医・玲人に長年片想い中。猛アタックするも、いつも冷たくあしらわれていた。ところある日、無理して体調を壊した優里を心配し、彼が半ば強引に同居をスタートさせる。女嫌いで難攻不落のはずの玲人に「全部俺がもらうから」と昂る独占愛を刻まれていって…!?

ISBN 978-4-8137-1578-8／定価759円（本体690円＋税10%）

『クールな御曹司と初恋同士の想い想われ契約婚～愛したいのは君だけ～』 惣領莉沙《そうりょうりさ》・著

会社員の美緒はある日、兄が「妹が結婚するまで結婚しない」と誓っていて、それに兄の恋人が悩んでいることを知る。ふたりに幸せになってほしい美緒はどうにかできないかと御曹司で学生時代から憧れの匠に相談したら「俺と結婚すればいい」と提案されて!?　かりそめ妻なのに匠は蕩けるほど甘く接してきて…。

ISBN 978-4-8137-1579-5／定価748円（本体680円＋税10%）

『契約夫婦はここまで、この先は一生溺愛です～エリート御曹司はひたすら愛して逃がさない～【極甘婚シリーズ】』 未華空央《みはなそらお》・著

恋愛のトラウマなどで男性に苦手意識のある澪花。ある日たまたま訪れたホテルで御曹司・蓮斗と出会う。後日、澪花が金銭的に困っていることを知った彼は、契約妻にならないかと提案してきて!?　形だけの夫婦のはずが、甘い独占欲を剥き出しにする蓮斗に囲われていき…。溺愛を貫かれるシンデレラストーリー♡

ISBN 978-4-8137-1580-1／定価748円（本体680円＋税10%）

『別れを決めたので、最後に愛をください～60日間のかりそめ婚で御曹司の独占欲が溢れ出す～』 森野《もりの》りも・著

OLの未来は幼い頃に大手企業の御曹司・和輝に助けられ、以来兄のように慕っていた。大人な和輝に恋心を抱くも、ある日彼がお見合いをすると知る。未来は長年の片思いを終わらせようと決心。もう会うのはやめようとするも、突然、彼がお試し結婚生活を持ちかけてきて！未来の恋の行方は…!?

ISBN 978-4-8137-1581-8／定価748円（本体680円＋税10%）

『離婚前提婚～冷徹ドクターが予想外に溺愛してきます～』 真彩《まあや》-mahya-・著

看護師の七海は晴れて憧れの天才外科医・圭吾が所属する循環器外科に異動が決定。学生時代に心が折れかけた七海を励ましてくれた外科医の圭吾と共に働けると喜んでいたのも束の間、彼は無慈悲な冷徹ドクターだった！　しかもひょんなことから契約結婚を持ち出され…。愛なき結婚から始まる溺甘ラブ！

ISBN 978-4-8137-1582-5／定価748円（本体680円＋税10%）

ベリーズ文庫 2024年5月発売

『双子パパは今日も最愛の手を緩めない～再会したパイロットに全力で甘やかされています～』 白亜凜《はくありん》・著

元CAの茉莉は旅行先で副操縦士の航輝と出会う。凛々しく優しい彼と思いが通じ合い、以来２人で幸せな日々を過ごす。そんなある日妊娠が発覚。しかし、とある事情から茉莉は彼の前から姿を消すことに。「もう逃がすつもりはない」――数年後、一人で双子を育てていると航輝が目の前に現れて…!?

ISBN 978-4-8137-1583-2／定価748円（本体680円＋税10%）

『拝啓、親愛なるお姉様。裏切られた私は王妃になって溺愛されています』 友野紅子《とものこうこ》・著

高位貴族なのに魔力が弱いティーナ。完璧な淑女である姉に比べ、社交界デビューも果たせていない。そんなティーナの危機を救ってくれたのは、最強公爵・ファルザードで…!?　彼と出会って、実は自分が"精霊のいとし子"だと発覚！まさかの溺愛と能力開花で幸せな未来に導かれる、大逆転ラブストーリー！

ISBN 978-4-8137-1584-9／定価759円（本体690円＋税10%）

ベリーズ文庫 2024年6月発売予定

Now Printing

『愛の街～内緒で双子を生んだのに、エリート御曹司に捕まりました～』　皐月《さつき》なおみ・著

双子のシングルマザー・有紗は仕事と育児に奔走中。あるとき職場が大企業に買収される。しかしそこの副社長・龍之介は2年前に別れを告げた双子の父親で…。「君への想いは消えなかった」──ある理由から身を引いたはずが再会した途端、龍之介の溺愛は止まらない！　溢れんばかりの一途愛に双子ごと包まれ…！

ISBN 978-4-8137-1591-7／予価748円（本体680円＋税10%）

Now Printing

『タイトル未定（CEO×ひたむき秘書）』　にしのムラサキ・著

世界的企業で社長秘書を務める心春は、社長である玲司を心から尊敬している。そんなある日なぜか彼から突然求婚される！　形だけの夫婦でプライベートも任せてもらえたのだ！と思っていたけれど、ひたすら甘やかされる新婚生活が始まって⁉　「愛おしくて苦しくなる」冷徹社長の溺愛にタジタジです…！

ISBN 978-4-8137-1592-4／予価748円（本体680円＋税10%）

Now Printing

『タイトル未定（財閥御曹司×薄幸ヒロイン　幼なじみ訳あり婚）』　吉澤紗矢《よしざわさや》・著

幼い頃に母親を亡くした美紅。母の実家に引き取られたが歓迎されず、肩身の狭い思いをして暮らしてきた。借りた学費を返すため使用人として働かされていたある日、旧財閥一族である京極家の後継者・史輝の花嫁に指名され…⁉　実は史輝は美紅の初恋の相手。周囲の反対に遭いながらも良き妻であろうと奮闘する美紅を、史輝は深い愛で包み守ってくれて…。

ISBN 978-4-8137-1593-1／予価748円（本体680円＋税10%）

Now Printing

『100日婚約～意地悪パイロットの溺愛攻撃には負けません～』　藍里《あいさと》まめ・著

航空整備士の和葉は仕事帰り、容姿端麗でミステリアスな男性・慧に出会う。後日、彼が自社の新パイロットと発覚！エリートで俺様な彼に和葉は心乱されていく。そんな中、とある事情から彼の期間限定の婚約者になることに⁉　次第に熱を帯びていく彼の瞳に捕らえられ、和葉は胸の高鳴りを抑えられず…！

ISBN 978-4-8137-1594-8／予価748円（本体680円＋税10%）

Now Printing

『溺愛まじりのお見合い結婚～エリート外交官は最愛の年下妻を過保護に囲い込む～』　Yabe・著

小料理屋で働く小春は常連客の息子で外交官の千隼に恋をしていた。ひょんなことから彼との縁談が持ち上がり二人は結婚。しかし彼は「妻」の存在を必要としていただけと聞く…。複雑な気持ちのままベルギーでの新婚生活が始まると、なぜか千隼がどんどん甘くなって⁉　その溺愛に小春はもう息もつけず…！

ISBN 978-4-8137-1595-5／予価748円（本体680円＋税10%）

タイトル、価格等は変更になることがございますのでご了承ください。

ベリーズ文庫 2024年6月発売予定

Now Printing

『王子さまはシンデレラを独占したい』晴《はる》日《ひ》青《あお》・著

OLの律はリストラされ途方に暮れていた。そんな時、以前一度だけ会話したリゾート施設の社長・悠生が現れ「結婚してほしい」と突然プロポーズをされる！しかし彼が求婚をしてきたのにはワケが合って…。愛なき関係だとバレないために甘やかされる日々。蕩けるほど熱い眼差しに律の心は高鳴るばかりで…。

ISBN 978-4-8137-1596-2／予価748円（本体680円＋税10%）

Now Printing

『婚約破棄された芋虫令嬢は女嫌いの完璧王子に拾われる』やきいもほくほく・著

守護妖精が最弱のステファニーは、「芋虫令嬢」と呼ばれ家族から虐げられてきた。そのうえ婚約破棄され、屋敷を出て途方に暮れていたら、女嫌いなクロヴィスに助けられる。彼を好きにならないという条件で侍女として働き始めたのに、いつの間にかクロヴィスは溺愛モード!?　私が愛されるなんてありえません！

ISBN 978-4-8137-1597-9／予価748円（本体680円＋税10%）

タイトル、価格等は変更になることがございますのでご了承ください。

Berry's COMICS
ベリーズコミックス

『ドキドキする恋、あります。』

各電子書店で
単体タイトル
好評発売中！

NEW

『仮面夫婦～御曹司は今夜も妻を愛せない～①～④』[完]
作画:柴寅
原作:吉澤紗矢

NEW

『離婚前提、夫婦はじめます～極上社長ととろ甘新婚生活～①～③』[完]
作画:森 千紗
原作:紅カオル

NEW

『甘く抱かれる執愛婚―冷酷な御曹司は契約花嫁を離さない―【財閥御曹司シリーズ】①』
作画:南香かをり
原作:玉紀直

『クールなCEOと社内政略結婚!?①～⑥』[完]
作画:猫原ねんず
原作:高田ちさき

『冷徹社長の執愛プロポーズ～花嫁契約は終わったはずですが!?～①～③』
作画:七星紗英
原作:あさぎ千夜春

『かりそめの花嫁～身代わりのお見合いがバレたはずなのに、なぜか溺愛されています～①』
作画:莢乃りお
原作:佐倉伊織

『艶恋婚～御曹司と政略結婚いたします～①～③』[完]
作画:小豆こま
原作:砂原雑音

『甘くほどける政略結婚～大嫌いな人は愛したがりの許婚でした～①』
作画:志希ふうこ
原作:蓮美ちま

電子コミック誌

comic Berry's
コミックベリーズ

各電子書店で発売！

毎月第1・3
金曜日
配信予定

amazonkindle　コミックシーモア　Renta!　dブック　ブックパス　他